ちくま文庫

明日は日曜日

源氏鶏太

筑摩書房

目次

明日は日曜日

第一話　エレベーター・ガールの恋

1

午前八時四十五分は、エレベーターのラッシュアワーである。

満員のエレベーターは上昇を開始する。二階、三階……、と停止するたびに、人人を吐き出していく。その間、桜井大伍《だいご》君は、いちばん奥にいて、泰然自若《たいぜんじじゃく》、何ごとか瞑想《めいそう》に耽《ふけ》っている。しかし、エレベーターが最後の六階にとまって、何人かの人が降りていってしまったあとでも、相変らず、大伍君の瞑想が続いていた。

「六階でございます。」

と、エレベーター・ガールの酒井杏子《きょうこ》さんが重ねていって、振り向いたが、思わず、クスリと笑ってしまった。何故なら、瞑想に耽っていると見えたのは、とんだヒガ目で、大伍君はうつらうつらと居眠っているらしかったからである。

（ああ、このひと、また、宿酔《ふつかよ》いをしているんだわ）

と、杏子さんは思った。

大伍君が月に二回ぐらい宿酔いする程に痛飲することを、杏子さんはいつからともなく知っていた。そして、このまま黙って、大伍君をエレベーターに乗せて、一階まで往復してあげたらと、空想した。

そのときになって、大伍君も周囲が、いやにしーんとなっていることに気がついて、パチリと眼を開いた。ガランとしたエレベーターの中に、自分ひとり、しかも、エレベーター・ガールがニコニコしながら、自分の方を眺めている。

「ヤッ、失敬。」

大伍君は、あわてて、エレベーターから降りていった。その足許《あしもと》の、ちょっとふらつく後姿を眺めながら、杏子さんは、

（いってらっしゃアい）

と、心の中でいって、元気よくエレベーターの戸を閉め、すうっと下の方へ降りていった。

2

桜井大伍君は、新大阪産業株式会社の社員で、総務課勤務であった。東京の大学を卒業して、三年前に入社した。五尺六寸、十八貫の堂堂たる身体である。

大伍君はエレベーターから降りたが、そのまま事務室へはいかないで、先ず洗面所にいって、水をガブガブと鱈腹《たらふく》に飲んだ。それから鏡にうつる自分の顔を眺めると、眼は充血の名残をとどめて、顔の輪郭《りんかく》が何んとなく朦朧《もうろう》としている。いや、気分の方が、もっと朦朧としているのであったかも知れない。

「無理もないや。昨夜《ゆうべ》アパートへ戻ったのは三時頃であったからな。」

実は、どうやってアパートまで帰ったか、今にして、記憶が明瞭ではない。はっきりしていることは、懐中無一文になってしまったことだけだ。しかも、月給日までに、まだあと、四日もあるというのに……。

大伍君が総務課の部屋へ入っていった。

「お早う。」

「お早うございます。」

大伍君は、椅子《いす》に腰をドッカと降《おろ》して、ポケットを探ると煙草《たばこ》が一本だけ、くしゃくしゃになって、残っていた。有難い、と早速、それに火を点《つ》けたが、何は我慢できても、日に三十本の煙草なしには暮せない性分だから、もうそのことが気になってきた。

(仕方がない。また、桃子女史に借用証をいれるか)

と、観念していると、その山吹桃子さんが、すらりとよく伸びた肢体で、朝の表情もいきいきと事務室に入って来て、大伍君の横の席についた。

「お早うございます。」と、誰にともなく、周囲の人に挨拶した。

いつもつかっている桃子さんの香料の清潔な匂いが、仄《ほの》かにあたりに漂《ただよ》うてくる。

「あッ、臭いわ。」

桃子さんが鼻をつまんだ。それから、よせやい、とてれている大伍君に顔を近近と寄せて、

「まア、臭気芬芬《しゅうきふんぷん》だわ。」と、遠慮なしにいったから、周囲がどっと声を上げて笑った。

(こん畜生)

と、大伍君は睨《にら》みつけたが、桃子さんは一向に平気で、ふッふッふ、と、楽しげに含み笑った。笑ったついでに、桃子さんは、立ち上って、部屋の隅の電熱器にかかっている薬鑵《やかん》から白湯《さゆ》をくんで来て、

「これ。」と、湯呑み茶碗に、何錠かの純白な錠剤を大伍君の机の上に置いた。

「何んだい？」

「どうせ、今日はこんなことだろうと思ったから、お兄さんに宿酔いのお薬を貰って来たんよ。」

「ほう、気《き》が利くんだなア。」

「ふふふふ。お兄さんの宿酔いをしょっちゅう見ているから、これでもお酒のみには理解がある方よ。」

「ふーむ。まさに、良妻型だなア。」

「あら、放《ほ》っといて頂戴。何も、大伍さんの奥さんにしてほしい、なんて、そんなさもしい根性やあらしませんのですからね。」

「そりゃアお互だからな。」

「文句をいわずに、早く、その薬を飲んだらどうなの？　臭気芬芬、神聖な事務室の空気が穢《けが》されてるわ。」

「うん。」と、大伍君は、薬を飲んだ。

「ついでに、また、お願いがあるんだけどなア。」

「あら、何よ。」

「月給日までの煙草銭《たばこせん》として、三百円ほど貸してほしいんだ。」

「まア、昨日、二千円も貸してあげたばかりなのに。」

「すっかり、つかってしまった。」

「あきれたわ。」

「しかし、昨日のことについては、桃子女史にも一端の責任があるぞ。」

大伍君は、ここぞ、とばかりに、ちょっとした威厳を見せた。しかし、宿酔いの男の威厳なんて、所詮は、女性に対する威嚇《いかく》能力は零《ぜろ》に近い。

ところで、昨日の出来ごと、というのはこうである。

午後三時頃、会社へ石鹸《せっけん》の押し売りがやって来た。押し売りの撃退は総務課の所管である。桃子さんは、そのいきいきとした美しさに加えるに、相手次第で硬軟いずれにも応対できる才能が買われて、ときどき、その撃退役を仰せつかった。いまだかつて、桃子さんが失敗した例は一度もなかった。ところが昨日は三十分ほどたって、桃子さんはすっかり汗をかいたような、ぼうと上気した顔で事務室に戻って来た。

「ダメよ。あたし、あんな頑固なおじいちゃんなんか、見たことも聞いたこともないわ。半ダースを買ってくれなきゃア、テコでも動きませんわい、というてんのよ。とても、あたしの手に負えないわ。」

桃子さんはサジを投げ、いかにも残念でたまらんように述懐した。

「よし。そんなら、僕が追い返してきてやる。生意気な押し売りめだ。」

大伍君は、ちょっと、いきり立って、部屋から出ていったのだが、三十分もすると、手の上に半ダースの得体《えたい》の知れぬげな石鹸をのせてきまり悪げに戻って来た。

「あら、どうしたのよう。」と、桃子さんがあきれていうと、

「困ったよ。相手が悪いや。だって、あのおじいさんは、僕の中学時代の恩師なんだ。」

「まア、大伍さんの先生が石鹸の押し売り屋さんになっていたの？」

「うん、だから、仕方がないじゃないか。」と、大伍君は苦笑した。

それはそれで笑い話となり、半ダースの石鹸は、大伍君の師を思う情に免じて、会社

で買うことになった。

退社時刻の五時に近くなって、大伍君は妙にモジモジしながら、桃子さんにいった。

「こんどの月給日まで、二千円貸して貰えんかね。」

「二千円も？」

「さよう、二千円だ。」

「そんなに威張った口をきくなんて、あたし、どうかと思うわ。でも、何んに使うの？」

「さっきの恩師と、今夜いっぱい飲む約束をしてしまったんだ。ところが僕は五百円しか持っていない。頼むよ。」

大伍君は、桃子さんがいつでも二千円ぐらいの現金を持っていることを知っていた。いや、何度も借りた経験がある。現に、今月はすでに三回目で、こんどの二千円をいれたら、四千五百円の借金になるのだ。尤《もっと》も、そのつど、大伍君は借用証を桃子さんにいれている。月給日には、その借用証と引き換えに、現金を渡すのであった。利息はいっさい払ったことがない。要求されたこともなかった。

そもそも、大伍君と桃子さんは、三年前の同じ日に入社し、いっしょに、そろばんの講習を受け、机の位置も隣り同士になっているから、それだけ二人は、他の社員たちよりも気やすいのであった。

「そんなら、貸してあげなきゃア悪いわね。」

「そうなんだよ。」

「月給日には、きっと、返してね。」

「返すとも。」

「月給日になって、今までのを全部、あたしに返したら、七千円しか手許《てもと》に残らないけど、覚悟はいいわね。」

「それで足りなくなったら、また借りる。」

「誰に？」

「勿論、君にだよ。」

「あたし、有がた迷惑だわ。」

「まア、そういい給うな。恩師がね、君のことを、とてもしっかりした、よい娘さんだ、とほめていた。」

「それで、大伍さんは、どう返事したの？」

「ええ、しっかりしすぎてるくらいですとも、といってやった。」

「いい気なもんだわ。ちょっと、どうかと思うわ。」

そういって、桃子さんが二千円を貸してくれた。

桃子さんの月給は七千円で、そのうちから毎月、三千円だけ家にいれることにしてあった。結婚までに、三万円ぐらい貯金したい、と考えているのだが、目下のところ、一万円に達した程度である。そして、大伍君もすこしは貯金する気になったらいいのに、と思っているのだが、残念ながら一向にその気配をしめさないで、逆に借金を申し込んでくる。しかし、桃子さんは大伍君から金を借りられることが、すこしも嫌《いや》でなかった。いつ申し込まれても心配のないように、二千円ぐらい常備している。そして、桃子さんは大伍君を、何かと世話のやける男だ、と思っていた。しかし、自分に世話やきの傾向があることについては、まだそれほど、気がついていなかった。大伍君が、桃子さんに、どうかすると、『女史』というのは、その世話やき的な性分のためであったかも知れない。しかし、桃子さんは『女史』と呼ばれるには、あまりにも若若しく、いきいきとしていた。

桃子さんから二千円を借りた大伍君は、勇躍、阪急前の喫茶店に待ちあわせる恩師のもとに赴いたのであった。そして、おでん屋ばかりを何軒痛飲してまわったか、今日は完全な宿酔いとなってしまったのである。

「だから。」と、大伍君がいった。

「君が押し売りは押し売りのままで追っぱらってくれていたら、こんな羽目にならずにすんだはずなんだ。」

「だって、そのおかげで、大伍さんが恩師とめぐり会えたんじゃないの。」

「問題は煙草銭のことなんだ。」

「仕方のない大伍さんだわ。じゃア、借用証を書いて頂戴。」

「オッケー。」

借用証を書くなんて、水くさい、と思ってはいけないようである。何故なら、二人とも借用証の交換によって、ひとかどの借金をしたような気持になり、ひとかどの金貸にでもなったような、ちょっとした優越感を味わっているのだ。そして、その借用証とは、

借用証

一、金参百円也
右、煙草銭として借りました。月給日にはきっと返します。有難う。
月　日　　桜井　大伍
山吹　桃子　様

と、いったようなものである。

「はい、三百円。」

「サンキュウ。」

大伍君は桃子さんから三百円を受取ると、

「給仕君、煙草を買ってきてくれ。」と、大声でいった。

同時に課長の佐々木さんがいった。

「桜井君。例の件の打ち合わせに、これからすぐ、山中商事までいって来てくれんかね。」

「はい。」と、大伍君は答えてから、あとは小声で、

「やれやれ、こんな日に出かけんならんとは、辛《つら》いことだ。」と、いって、情ない顔をした。

「それは自業自得《じとく》よ。」と、桃子さんが情容赦《なさけようしや》のないいいかたをした。

3

新大阪産業株式会社は、資本金が五千万円の二流会社だが、業績は目下の処、悪くない。社員の数は二百名ぐらいで、社長の石坂さんの口癖である、

「万事、家族的に。」と、いうモットウは、どうやら実行されているようだ。

それだからといって、すべての社員が、現在の待遇に満足していると思い込むのは、早計である。不平不満は、サラリーマンにつきものだ。尤も、その不平不満は、サラリーマンにとっては至極《しごく》当然でありながら、重役から見ると、言語道断、実に虫がよすぎる、と誤解されることもありそうだ。所詮、サラリーマンたる者の要望と、重役の見解

は、永遠に平行線で、いつまでたっても相まじわるところがなさそうである。

さて、山中商事ゆきを命ぜられた大伍君は、エレベーターの前で待っている。

「やア。」

振り向くと、同期に入社した会計課の山野君が立っていた。

「何処へ？」

「山中商事だ。君は？」

「阪急物産へ集金だ。」

エレベーターが、すうっと昇ってきて戸を開いた。エレベーター・ガールの酒井杏子さんは、あと五分で交替になる。その交替前に、大伍君を乗せてやれてよかった、というような淡い気分になった。そして、大伍君の宿酔いも、だいぶんおさまったようだ、と観察した。しかし、山野君の方はエレベーターに乗るとき、チラッと杏子さんの方を見てくれたが、大伍君の方がまるで無関心であったのは、ちょっと心外である。ついでながら、杏子さんは新大阪産業の社員ではなく、この御堂筋《みどうすじ》ビルディング株式会社に所属している。

エレベーターが下降しはじめる。

「暑いなア。まったく、やり切れん。どうだ、帰りにビールでも飲んで、憂《う》さ晴らしをしないか？」

「ちょっと、待ってくれ。目下の心境は、ビールのビの字を聞いても、ヘドが出そうなんだ。ゆんべ、飲み過ぎたんだ。」

「飲み過ぎとは羨望のいたりだ。社用族でかい?」

「とんでもない。自前《じまえ》だよ。」

「月給日の前に、よく、そんな金があったもんだな。」

「何、桃子女史に前借だ。」

「そうだ、君と桃子女史のことは、社内でだいぶん評判になっているぜ。どうも目障りでいかん、いっそ、早く、結婚してしまえばいいのに、といってる。」

「冗談じゃアない。あんな娘と結婚してみろ。亭主関白なんて、思いもよらん。第一、月給を知っているから、ヘソクリが出来ない。」

「違いない。実は、昨日だったか、桃子女史に冷やかしてやったんだ。どうせ結婚するなら、そう周囲をハラハラさせずに、早く結婚したらどうかね、とだ。そうすると、桃子女史は、ふふん、と鼻で笑って、あたしはあんな尊敬できないような男とは、結婚しませんしからず、といいよった。」

「その尊敬できん男とは、俺のことかい?」

「勿論。」

「あん畜生ッ。」

大伍君が唸《うな》ったとき、各階で停まってきたエレベーターが、一階についた。杏子さんは、何もかも聞いてしまった。途中で、何度も胸を痛めたが、結論は、爽《さわや》かであった。山野君が、またしても、チラッと杏子さんを流し見ていく。

（いやらしい）

だから、二人が肩を並べていく、その大伍君の背中に向かって、

「いってらっしゃアい。」と、杏子さんは、低い声でいった……。

エレベーターを出たところに、喫茶店があった。

「おい、コーヒーでも飲んでいこうや。」と、山野君がいった。

こんな場合、誘った本人がおごるのは常識である。だから、大伍君は安心して、ついていった。

「コーヒーとケーキ。」と、山野君は景気のいい注文をした。

そのコーヒーをガブリと飲み、ケーキを一口《ひとくち》食べてから、山野君がいった。

「実は、一世一代、折入っての頼みがあるんだ。」

「金に関することならダメだぜ。」

「何、もっと精神的な問題なんだ。」

「すると、恋愛問題か？」

「えらいぞ、大伍。流石《さすが》に頭がいい。」

「それほどでもない。」

「実は、惚れたんだ。徹底的に惚れたんだ。」

「相手は？」

「いまのエレベーター・ガールだ。」

「はて？」と、大伍君は、首をひねった。

「とても、美人だろう？」

「うん。」

「惚れるのも無理があるまい？」

「うん。」

「目下、悶悶《もんもん》の情に堪えかねているんだ。」

「ほう。」

大伍君は山野君の顔を見直したが、それほど深刻らしくは見えない。いつもの、色あくまで黒い顔である。

そこで、山野君の頼みというのは、どうも徹底的に惚れ過ぎてしまったせいか、彼女の前に出ると、どうにも、気が弱くなってしまって、悶悶の情が打ち明けられない。このままの状態では、ロクに仕事が手につかんし、ラブシックにかかって、病床に臥さなければならなくなる恐れが多分にある。まして、彼女ほどの美人なら、ひく手あまたは当然で、このまま無為《むい》に過ごしたら、永遠にチャンスを失い、絶望のドン底に投げ込まれなければならぬかも知れない。そこで、頼み、というのは、他人のことなら、いともいいやすいものだから、うまく取りもってくれないか……。

以上のことを、山野君はコーヒーを飲み、ケーキを食べながら告白したのであった。

大伍君は、いまのエレベーター・ガールというのが、どんな女だったか思い出せないので、山野君の告白が、妙に実感に薄い。念のために名を聞くと、山野君は流石《さすが》に、酒井杏子、とちゃんと知っていた。

頼まれると嫌とはいえないのが、大伍君の性分である。

「しかたがない。何んとか、やってみよう。」

「いや、何んとか、でなくて、本当にやってくれ。」

「では、本当に、だ。」

「有難う、頼む。ついでに、ここの支払いも頼む。」

「えッ？」

「今日は持ちあわせが少ないんだ。さア、出ようや。」と、山野君は元気になって、先に出ていった。

大伍君は恐る恐る伝票を見ると、二百円である。ホッとした。桃子さんから三百円借りて、煙草代に四十円払った。ここの払いをすれば、あと六十円しか残らない。

「もう一度、桃子女史に借用証をいれなければならんな。」と、大伍君は、ちょっと、憮然《ぶぜん》たる面持《おももち》であった。

ビルディングの外へ出ると、六月の空に、一片の雲もなく、太陽の光が暑そうに、御堂筋の鋪道《ほどう》にハネ返っていた。大伍君と山野君は、そこで、右と左に別れた。

4

その日の午後、大伍君は桃子さんに、もう一枚の借用証をいれて、三百円を借りた。その上で、

「もうひとつ、頼みがあるんだ。」と、山野君に頼まれたことを話し、何んとかしてやって貰えんだろうか、といった。

「だって、それを引受けたのは、大伍さんじゃアありませんか。あたしじゃアなくってよ。」

「それはそうさ。しかし、どうも、そんな役は苦手だ。ひとつ、君から話してやってくれよ。」

「そんな苦手な役を、どうして、軽軽と引受けたりするのよ。」

「困った性分のせいだ。しかし、君がいるから、安心だ、と思った。」

「だいたい、大伍さんは、頼まれると、ひとの世話をやき過ぎてよ。」

「何、それほどでもない。」

「ううん、そうよ。そして、いつでもその尻《しり》をあたしに持ってくるんですもの、こっちがやりきれないわ。だから、大伍さんていう人は、世話がやけるのよ。」

桃子さんは大伍君をきめつけたが、心の中で、しかし、そこがまたこのひとのいいところかも知れない、とひそかに考えていた。

翌日は、土曜日であった。会社は、お昼までである。

昼食後、大伍君は屋上に上って、大阪城の方を眺めていた。今日はどんより曇って、そんなに暑くはない。

桃子さんは、何んのかんのと文句をいったが、結局、大伍君のかわりに、恋の橋渡し役を引受けてくれた。それに、桃子さんが杏子さんとは、何度も口を利いた仲であったので、好都合であった。桃子さんが、さっき、交渉にいってくれた。返事を持って、屋上へ上ってくる約束になっていた。

大伍君は煙草を吹かしている。土曜日のせいか、あたりの人影もまばらであった。

大伍君は、山野君の恋が成立することを祈っていた。もし、成功したら、山野君にうんとおごらしてやるつもりである。すくなくとも、昨日のコーヒーとケーキ代ぐらい取返してやらないことには、腹の虫がおさまらないのだ。

ポン、と肩を叩かれた。大伍君が振り向くと、桃子さんが、ニヤニヤ顔で立っていた。

「どうだった？」

「ふッふッふ。」

「ううん。あたし、逆に、頼まれてしまったわ。」

「成功？」

「何を？」

「大伍さんのことよ。よろこびなさい。大伍さんは、相当な艶福家よ。あたし、すっかり、見直したわ。」

「冗談《じょうだん》でなしに、どうだったんだ？」

「だからよ。あたしがいったら、山野さんなんて、よく知らない、といって、そんな人のことより、あたしと机を並べている背の高い人っていったから、大伍さんのことよ、その大伍さんといっぺん映画にでもいきたいんですって。」

「バカな。」

「あら、憤《おこ》ること、何もあらへんやないの。」

「問題は、山野君のことだ。」

「なら、全然、脈なしよ。」

「うーむ、可哀そうだなア。」

「人のことなんか、どうでも、いいじゃないの。ねえ、それより、あのひとを映画に連れていってやってくれはる？　あたし、頼まれて来たのよ。」

「そんな金、あるもんか。」

「あったら、連れていく？」

「嫌だよ。」

「あら、どうしてよ。」

「酒井杏子なんか、どんな女か、よく知らん。」

「とても、可愛いひとよ。」

「とにかく、そんな気持はない。」

「ほんまに？」と、桃子さんの瞳が大伍君の顔を覗《のぞ》き込むように光った。

「いつまでも、うるさいな。そんな話は、もう、やめよう。」

そういって、大伍君は欄干《らんかん》に両肘《りょうひじ》をついて、その上に顔をのせ、遥か遠くを見つめた。

桃子さんは、そのうしろ姿を、しばらく眺めていてから、何んとなく安心したように頷いて、そっと大伍君の横に並んで、同じ姿勢をとった。

しばらく、二人とも黙っていたが、やがて、桃子さんが、ちょっと、しんみりした口調でいった。

「明日は日曜日ね。」

大伍君が向うをむいたままで答えた。

「そうだ、明日は日曜日。」

「映画にでもいかない？」

「映画？」

「ええ。あたしがおごる……。」

屋上には、二人のほかに、人影がなくなっていた。

第二話　良人のヘソクリ

1

　総務課長代理の宮田さんは、朝から浮かぬ顔をしている。平常は極めて明朗、しかも、人一倍仕事熱心な宮田さんが、ロクに仕事にも手がつかんというように悄然《しょうぜん》としているのだから、いやでもそれが目立つ。何か、重大な心配ごとがあるらしい。

　そうなると、桜井大伍君は黙って見ていられない性分である。

「宮田さん。ちっとも元気がないようですね。どうか、されたんですか？」

「おッ、桜井君。君にもそれがわかるかね。」

「一目瞭然《りょうぜん》ですよ。」

「そんなに僕が意気鎖沈《しょうちん》しているように見えるかね。無理もないや。何故なら、目下の僕は、青菜に塩的な、実に情ないような、腹立たしい気分を、しみじみ満喫しているんだからね。」

じた。

宮田さんは憮然《ぶぜん》たる面持《おももち》でいって、いよいよ情なくてたまらんように、両眼を重く閉

大伍君の横の山吹桃子さんが、おかしそうに、クスッ、と声を立てて笑った。

宮田さんは眼を開いた。

「おや、いま、誰か、笑ったようだね。」

「はい、あたしです。」

「そうか、笑ったのは、山吹さんか。成程、女という者は、男に対して、もともと無理解、かつ、非同情的に出来ているんだな。」

「あら、ちょっと聞き捨てにならないことを仰言ったんじゃないかしら？　あたしは女性一般の名誉にかけて、断然、抗議を申し込みますわ。」

「いやいや、目下の僕は、いうなれば、女性恐怖症にかかっているようなもんだから、あまりおどろかさないでほしい。時に、桜井君よ。」

「はい。宮田さん。」

「女性、殊に、女房となると、実に始末に悪いもんだよ。」

「そうでしょうか？」

「ああ、そうにきまっている。君なんか、今から肝《きも》に銘《めい》じておくべきだよ。」

「では、先輩の意見を尊重して、今から、肝に銘じておくことにします。」

桃子さんが、横から、思わず、いってしまった。

「あら、ダメよ。」

2

宮田さんは、新大阪産業株式会社に入社して十年目、結婚して五年目であった。奥さんの康子《やすこ》さんは、特別の美人ではないかも知れぬが、気立ての至って優しいひとである。大伍君は、今までに数回遊びにいっているが、そのつど、大歓待をされた記憶がある。しかも、可愛い四歳の女の子がひとりあって、夫婦仲の円満な点でも、社内屈指との噂が立っている。したがって、あんないい奥さんが、どうして宮田さんにとって、実に始末の悪いもんだよ、ということになってしまったのか、大伍君にはわからないのである。

それは、一昨夜のことであった。

宮田さんは、会社の宴会があって、酔っぱらって遅く家に帰った。奥さんは、いつもの如くちゃんと起きて待っていて、いそいそと介抱してくれた。宮田さんは大威張りでそこらに洋服を脱ぎ捨てて、寝床の中にもぐり込んだ。

宮田さんが、とろとろと眠ったところで、

「あなた、あなた。」と、奥さんに揺《ゆ》り起された。

「あなた、ちょっと、起きて頂戴。」

「うるさいなア。俺はぐっすり眠りたくてたまらんのだ。」

「でも、ちょっと、起きて頂戴。お聞きしたいことがあるんです。」

奥さんの口調が、どうやら、いつもとすこし違うらしいと、宮田さんも夢うつつの間に感じていた。しかし、何んとしても、酔っているので、眠くてしかたがない。こんな時に、無理に起そうとする奥さんに、無性に腹が立ってくる。

「何か知らんが、明日の朝にしてくれ。」

そういって、宮田さんは頭から布団をかぶろうとした。その布団を払いのけるようにして、奥さんは宮田さんの鼻の先に、

「あなた、これは何んですか？」と、ハガキ大の白い紙を邪慳《じやけん》につきつけた。

「うむ？」

酔眼朦朧《もうろう》たる宮田さんの眼にも、やがて、十日ほど前に貰ったボーナスの明細書だ、とわかった。

とたんに、宮田さんは、

「おッ、それは！」と、叫んで、布団の上に座ってしまった。

一瞬に睡気《ねむけ》が、どっかへすっ飛んでいった。

（しまった、しまった！）と、心の中で、身も世もあらぬくらいに、周章狼狽《しゆうしようろうばい》していた。

「あたし、お洋服をしまおうとしたら、内ポケットから、これがはみ出ていました。何

気なく見たら……。」と、すでにして、奥さんの声はおだやかでなかった。

ボーナスの明細書を、洋服の内ポケットにしまい忘れていたとは、たしかに宮田さんの一生に一度ともいうべき大不覚であった。尤も、奥さんはいまだかつて、宮田さんの洋服のポケットに手を入れて、アラ探しをするようなことは、いっぺんもなかった。その点、宮田さんは奥さんを信頼し、その代り、すっかり油断していたわけである。

「あなたは、こんどのボーナスは三万円だ、といって、そのうちから自分のお小遣《こづかい》に五千円とり、あたしに二万五千円をくださいましたね。」

「うむ。」

「ところが、この明細書には、四万円と書いてありますわ。差額の一万円は、どこへおやりになったんですの？」

宮田さんは罪人のように、うなだれていた。あれほどの酔いもすでに醒めてしまったようだ。宮田さんは、つくづく情なかった。顔をあげられない。かつて、これほど奥さんが恐ろしく感じられたことはない。

「ねえ、どうなさったんですの？」

「そ、それはだな。」

「はい、それは？」

「うむ、そうだ、要するに、俺のヘソクリなんだ。」

「まア、一万円も？」

「しかし、俺だって、課長代理をしていると、いろいろと交際費がいるんだ。」

「どうしても必要な交際費なら、どうして、あたしにはっきり仰言って下さいませんの？」

「そんなこと、一一いうの、良人《おっと》として、全然、面倒くさい。」

「まア。」と、奥さんは口惜しそうにいって、もう、眼のあたりを濡らしている。

その夜は、それで、ともかくすんだ。ところが、翌朝、即ち、昨日の朝、奥さんは必要の最小限度にしか喋《しゃべ》らない不機嫌さであった。妙に沈み込んでいる。宮田さんも、内心、自分が悪いと知っているから、昨夜はいつもより早く会社から家に帰り、しかも、お土産にケーキを買って帰った。しかし、奥さんは、朝よりも一段と顔面蒼白になり、一段と無口になっている。

流石《さすが》の宮田さんも、

「おい、もういい加減にしろ。」と、怒鳴りつけた。

「でも、あたしには、どうしても、いい加減にできません。」

「何んでだ。」

「だって、あたしは、今まで、あなたを信じ切っていました。世界一の良人、と信じていました。それが、あんな真似をされていたと思うと、もう、あなたという人を信用できない気持がしてくるんです。」

「バカ。たかが、ヘソクリぐらいで、大袈裟《おおげさ》なことをいうな。」

「いいえ、あたしにとっては、一生の問題ですわ。」

「男のヘソクリなんか、近頃は、誰でもやっていることなんだぞ。大流行しているんだ。」

「でも、あたしは嫌です。あんなに信じていたあなたに騙《だま》されていたかと思うと、どうしても我慢が出来ないのです、何もかも安心できないような気持になるのです。」

「よーし。」と、宮田さんも開き直った。

「そんなに我慢が出来なかったり、俺が信用出来ないんなら、別れよう。この家から、出ていってくれ。」

「まア。」と、奥さんは、宮田さんの顔を見た。

「あなた、それ、本気ですか？」

「勿論、本気だとも。だから、出ていけ。遠慮しないで出ていってくれ。」

こうなると、売り言葉に買い言葉であった。奥さんも負けていなかった。今までの消極的な態度から、猛然と積極的な態度に移り、

「ええ、出ていきますとも！　誰が遠慮なんかするもんですか？」と、憤然と立ち上った。

奥さんはタンスから身のまわりの物を出すと、それを大風呂敷に包んで、その夜のうちに子供といっしょに出ていってしまった。その間宮田さんはふてくされみたいに煙草を吹かしていたのだが、奥さんの足音が門の外に消えていくと、たまりかねて外へ飛び出した。しかし、奥さんはそれと知ってか知らずしてか、向うの角を曲るまで、ついにいっぺんも振り向かなかった。そして、子供も！

「何んて強情な奴だ！」と、宮田さんは吐き出すようにいった。

しかし、流石に昨夜は、よく眠れなかったのである……。

3

「そういうわけなんだよ。」と、宮田さんが苦笑まじりにいった。

「そんなら始末に悪いのは、奥さんじゃなくって、宮田さんの方よ。」と、桃子さんがいった。

桃子さんは、宮田さんの奥さんとも、すでに顔馴染《なじ》みであった。そして、宮田さんの奥さんを大好きなのである。あたしなら、もし、自分の良人が、四万円のボーナスのうちから一万円ものへソクリをつくるような不逞《ふてい》を働いたら、断じて許してやらない。即刻、良人を相手に、チャンバラも辞さない。だいたい宮田さんの奥さんは、おとなし過ぎる。それだから、現に宮田さんは奥さんを始末が悪いなんて、文句ばかりいって、自分は些《いささ》かも反省していないと、桃子さんは考えているうちに、宮田さんが何んとなく面憎くなってきた。

「それで、奥さんは、どこへいかれたんですか?」と、大伍君が聞いた。

「そりゃ、実家にきまっている。体裁の悪い話だよ。まア、一日か二日もしたら、どうせ戻《もど》ってくるだろうが、それまでが一人暮しでは、厄介でたまらん。」

「あたし、この際、宮田さんが、奥さんをお迎いにいくべきだ、と思いますわ。」

「冗談じゃアない。そんなことをしたら、女房なんて、癖《くせ》になって、すぐ増長するんだ。」

「まア。」と、桃子さんはつくづくあきれて、ついでに大伍君の顔を見ると、これまた、一向に動じたような風情でない。

(大伍さんだって、もし、結婚したら、やっぱり、宮田さんのような不逞な良人になるのかしら?)

そんなら、一度、とくとその料簡《りようけん》を聞いておく必要があるかも知れないと、桃子さんは思った。

「なア、桜井君。今夜は、早く家に帰っても、どうせ一人でつまらんから、僕の憂《う》さ晴らしにつきあってくれんか?」

「ええ、つきあいましょう。」と、大伍君は即座に応じた。

「そうか、それは有難い。」と、宮田さんも嬉しそうだ。

午後五時の退社時刻が過ぎると、宮田さんと大伍君は、肩を並べて、いそいそと会社を出ていった。それは桃子さんには、自分を尻目にして出ていったように感じられて、面白くなかった。

宮田さんが大伍君を連れて行ってくれたのは梅田のおでん屋であった。

「さア、鬼のいない間に、いのちの洗濯だ。乾盃といこうではないか。」

「では、乾盃。」

「今夜は、大いに痛飲といこうぜ。」

どうやら、宮田さんは、ポケットの中に一万円のヘソクリのうちの大半を蔵しているらしく、なかなか、気前がいい。大伍君と雖も、ボーナスを貰ったばかりだから、先月の桃子さんからの借金を全部返して、まだ、若干の飲み代《しろ》を持っている。宮田さんにばかりおごらせては気の毒だから、自分も適当に払うつもりでついて来ているのであった。

あとで考えると、たいして高級な店へはいかなかったが、とにかく、腰を掛けて飲めるような安直な店を、二人で四、五軒まわったらしいのである。その間、宮田さんは、

「そうだ、女房なんか、何んでえ。」

ともいったし、

「男なら、ヘソクリぐらい出来ないようで、一人前の良人といえるもんか。やい、ザマ

を見ろ。」ともいったようである。

そのくせ、十一時頃になって、ふっと酔眼を腕時計に近づけて、

「おい。もう、門限だ。早く帰らなきゃア女房がうるさい。」

と、思わず立ち上ったのは、この場に及んでも、良人たる者の悲しい習性を露出してしまった、というべきであったかもわからない。尤も、宮田さんは、そのあとで、大いにてれて、

「チェッ。脅かすんじゃないよ。」と、自分で自分を叱りつけたりしていた。

大伍君も相当に飲んだが、どうせ、今夜は宮田さんの介抱をさせられるに違いない、と覚悟をしているから、あくまで、泰然自若としている。

十二時近くになると、流石の宮田さんも、

「おい、もう、帰ろうか。」と、弱音を吐いた。

結局、帰るべきところは、我が家しかない、と悟ったのであろう。しかも、その我が家には、妻も子も待っていないのである。

宮田さんの足許《あしもと》は、ふらふらしていて、どうにも危なっかしい。見かねて、大伍君は、宮田さんを送っていくことにした。

宮田さんの家は、西宮《にしのみや》にあった。駅で降りた頃には、宮田さんはいよいよ悪酔いをしているようである。駅から出て、一分と歩かぬうちに、何んの前触れもなしに、

「げえッ。」と、ゲロを吐いた。

「そうだ、もっと、吐きなさいよ。」と、大伍君は、宮田さんの背中を撫《な》ぜてやる。

宮田さんは、三回ぐらい、ゲエッ、と吐いて、あとは苦しそうな大息を吐きながら、

「もう、いいよ。」と、いって、姿勢を戻した。すっかり、元気がなくなっている。大伍君は肩を貸してやった。

　家の近くまで来たとき、

「ひょっとしたら、女房が戻っているかも知れんから、君、先にいって、見て来てくれよ。」と、宮田さんがいった。

　もし、奥さんが戻っていたら、どうする気なのか。まさか、逃げ出すのではあるまい。してみると、酒を飲みながら、ひょっとしたら、今夜は奥さんが戻っているかも知れないと、思っていたのかも知れない。なるべく、そうでありますように、と思いながら、酒を無理に飲んでいたようである。

　大伍君が宮田さんの家の門の前までいってみたが、門灯もつかず、家の中は真ッ暗で、奥さんが帰っている気配はなかった。あたりの家家は、しーんと寝静まっている。

　大伍君は宮田さんの前に戻って、

「戻ってはいられないようです。」と気の毒そうにいった。

とたんに、宮田さんは、叫んだ。

「ああ、何んて強情な奴だ。」

「では、宮田さん。僕はここで失礼して帰ります。」

「帰るのかい?」と、宮田さんは情ない口調に変って、「おい、頼むから、今夜は、泊っていってくれよ。どうも一人で、あの家の中に入っていくのは嫌なんだよ。何んとなしに、恐ろしいんだよ。なア、頼む。」

頼まれたら、嫌とはいえないのが、大伍君の性分である。

「じゃア、泊ります。」

「そうか、すまん、すまん。これで、今夜は、安心して眠れる。もし、強盗が入ってきたら、君、よろしく頼むよ。」

家の中に入ると、宮田さんの布団が朝のまま敷きっ放しである。

「さア、寝ようや。」

「ええ、寝ましょう。」

宮田さんは大伍君に浴衣《ゆかた》を出してくれた。そして、ちょっと考えてから、

「君はこの布団に寝てくれ。」

と、大伍君を自分の布団の中に寝かし、宮田さん自身は、押入から奥さんの布団を引っぱり出して、その中にもぐり込んだ。

「チェッ、やけに、女房の匂《にお》いが残ってらア。」

「そうでしょうね。」

「なア、桜井君。」

「ええ。」

「女房が戻ってくるまで、君は毎晩、泊りに来てくれんか。」

「毎晩ですか？」

「そうだ、毎晩だ。君なんか、どうせ、アパートに帰って寝るだけだから、何処で寝るのもいっしょのはずだ。いいか、頼むぞ。」

「では、毎晩、来ます。しかし、宮田さんの予定としては、何日ぐらいで奥さんが戻られるんですか？」

「わからんよ。何んだったら、いっぺん、君から女房に聞いてみてくれ。要するに、俺は、目下男の意地だ。」

男の意地を立てている宮田さんは、もう、いびきを立て始めていた。

4

大伍君は、その翌日も宮田さんの家で泊った。尤《もっと》も、その夜は、酒は飲まず、二人でおとなしく映画を見て、焼めしを食べて、九時頃に西宮の家へいった。

宮田さんは、家の近くまでくると、昨夜と同様に、

「先にいって、女房が帰っているかどうか、偵察して来てくれ。」と、頼んだ。

大伍君は駈足でいって駈足で戻ってくる。そして、何んともお気の毒です、という顔つきで、

「やっぱり、まだのようです。」

とたんに、宮田さんは叫ぶのだ。

「ああ、何んて強情な女房めだ。」

それから、はっきり負け惜しみとわかるのに、わざと胸を張った姿勢で、

「僕は女房なんか、一年帰ってこなくても平気だ。しかし、要するに、子供の顔が見たくてたまらんのである。」

「そんなら、子供さんを連れに、奥さんの実家へいらっしゃったらどうです?」

「そんなことをしたら、まるで僕が前非を悔いて、女房にあやまりにいったように誤解されるではないか。」

「あやまらなければいいではないですか?」

「しかし、あやまらなくても、女房のほうで、あやまりに来た、と思うかも知れん。それでは、男の意地が立たん。」

「夫婦ってのは、難かしいもんですね。」

「うん、そんな場合もあるんだ。」

「しかし、奥さんの方にも、意地があるんでしょうね。」

「そうなんだ。それが憎らしい。しかし、もし、僕のいまの立場に君がいるとしたら、君は、どうするかね。」

「僕なら、あっさり、あやまります。」

「君は男の風上《かざかみ》におけんような奴だ。」

「そうでしょうか？」

「そうにきまっている。とにかく、こうなったら、僕も持久戦だ。女房が詫《わ》びてくるまで、君を毎晩、家に連れて帰る方針だから、君は覚悟をしてい給え。」

「毎晩ですか？」と、大伍君は流石に浮かぬ顔をした。

「ああ、毎晩だとも。」と、宮田さんは断固としていった。

そして、宮田さんはその夜も、奥さんの布団の中にもぐり込んで、

「どうも、女房臭くていかん。あいつ、いや、子供は、いま頃、どうしているだろう？」と、いった。

宮田さんが夫婦喧嘩をして、毎晩、大伍君を連れて帰っている、ということは、すでに社内の評判になっていた。

桃子さんが、大伍君にいった。

「どうお？　毎晩、宮田さんといっしょに帰る気持は。」

「あんまり面白くないね。」と、大伍君は正直に心境を述べた。

「そんなに面白くないんなら、断ればいいじゃないの？」

「しかし、それでは宮田さんが気の毒だ。」

「じゃア、大伍さんは、当分の間、宮田さんとこに下宿をする気なの？」

「仕方がない。」

「まア、驚いた。」と、桃子さんは、つくづくあきれて見せながら、

（それだからこそ、このひとは、危なっかしくて一人で放っとけんのだわ）

と、胸の中で、こっそり、呟《つぶや》いてみる。

図体《ずうたい》が大きくて、正義感が強くて、他人には親切な大伍君も、桃子さんから見ると、まるで子供のように見えることがあった。桃子さんは念のために、聞いてみる。

「大伍さんは結婚したら、やっぱり、宮田さんのように、ヘソクリをつくる方針？」

大伍君は桃子さんを見返して、

「そりゃア、要するに、奥さんの方針如何によるだろうな。」

と、うまい返事をした。

「じゃア、場合によっては、ヘソクリをする方針なのね。」

「勿論。」と、大伍君は決意のほどを披瀝《ひれき》した。桃子さんは、ちょっと、あっけにとられながら、

（油断がならないわ）と、いう顔である。

そこへ、桃子さんに電話がかかってきた。

「はい、山吹桃子です。」

そのあと、桃子さんは、チラッと宮田さんの方を眺めた。その宮田さんは、この数日で、すっかり、じじいくさくなってしまったようである。殊に目立つのはハンケチで、以前は、毎日、きちんと糊《のり》とアイロンのかかった純白のものを使っていたのだが、今日はすっかり汚れたので我慢している。

「ええ、ご安心、遊ばせ。」

「………」

「ええ、そうなんですの。ほッほッほ。ええ、この際、やっぱり、きりっとしたところをお見せになった方が……。」

電話が切れた。桃子さんは、何んとなしにニヤニヤしている。

「誰から？」と、大伍君が、つい、聞いた。

「誰からでもええやないの。」

「それはそうだ。」

「あたしの内証よ。ふッふッふ。」

しかし、桃子さんも大伍君にだけは、あたしの内証、にしておけなくなった。

「ねえ、ちょっと、一階へお茶を飲みにいかない？」

「うん、いこう。」

二人は何気なく席を立った。エレベーターに乗る。運転をしているのは、酒井杏子さんである。チラッと大伍君を見て、ぼうっと顔をあかくした。大伍君はそれに気がついていないらしいが、桃子さんは敏感である。

（ああ、このひとは、まだ大伍さんが好きなんだわ）

エレベーターは一階にとまる。二人並んで出ていく後姿を、杏子さんは羨ましそうに見送っている。

大伍君と桃子さんは、喫茶店のテーブルについた。

「あらかじめ、念を押しておくが、君が誘ったんだから、君が払ってくれるんだろうね。」

「いいわ。そのかわり、コーヒーだけよ。」

「いいとも。」

そのコーヒーをすすりながら、桃子さんがいった。

「ねえ、さっきの電話、誰からだと思う？」

「わからん。」

「あててごらんなさい。」

「面倒くさいから、君がいったらいいじゃないか。」

「なら、いってあげる。宮田さんの奥さんからよ。」

「何？」

「この間から、毎日、かかってくるのよ。」

「ふーむ。」

「やっぱり、宮田さんのことが気にかかるからよ。」

「そんなに気にかかるんなら、強情張らずに、さっさと家へ帰ればいいのに。」

「そうはいかないわ。せっかく夫婦喧嘩をしたんですもの、やっぱり、良人に改悛《かいしゅん》の情が見えるまでは、うかつに帰れないわ。あたしだって、その意見よ。」

「なるほど、宮田さんのいった通りだ。」

「あら、何がよ。」

「女性も、殊に、女房になると、始末に悪いもんだ。」

「まア、失礼よ、大伍さん。」

桃子さんは睨《にら》んだ。何んとなく、やさしい睨みかたになっている。

宮田さんの奥さんが心配したのは、主人のヘソクリそのものより、その使途《つかいみち》にあった。いちばん気にかかったのは、宮田さんに好きな女でも出来ているのではないか、ということであった。しかし、毎晩、大伍君を連れて帰っているようでは、その心配のないことだけは確かなようである。考えてみれば、そんな甲斐性のある良人でもなさそうだ。奥さんは安心した。しかし、女の問題は解決しても、ボーナスごとに一万円ものヘソクリをされるのは困る。こんな風では、毎月の月給の中からも、良人を膺懲《ようちょう》してやらねばならぬ。そして、寧ろ、これこそ愛の膺懲ともいうべきものである。桃子さんは奥さんの見解に賛成し、激励し、全面的な協力を誓った。

「ねえ、あたしの見るところでは、奥さんもそろそろ、帰りたがっていなさるわ。さっきの電話でも、それが歴然たるものよ。宮田さんの方は、どう？」

「そりゃア、毎日、待っているんだ。たとえば、毎晩、家の近くまでいくと、一足先に、僕を奥さんが帰っているかどうか偵察にやるんだよ。」

「あきれた。」

「それで僕は昨夜きいてみたんだ。もし、奥さんが帰っていられたら、宮田さんは、ただちに回れ右をして、よそへいかれるつもりなんですか？　そんなに、奥さんの顔を見るのが嫌なんですか、とね。すると、宮田さんは、ちょっと考えていてから、いや、たぶん、君にここから回れ右、をして貰うことになるだろう、というんだ。」

「失礼な宮田さんね。そんなら、大伍さんは、今夜から、宮田さんの家へ泊りにいくのを、断然、ことわりなさい。」

「しかし、それでは、宮田さんが可哀そうだよ。」

「いいじゃないの。ちょっとぐらい淋しい思いをして、後悔さしてあげた方がいいのよ。そのかわり、今夜、あたしが大伍さんと遊んであげるわ。ねえ、宮田さんの家へ泊りにいくのと、あたしと遊ぶのと、どっちが楽しい？　はっきりいって頂戴。」

「そりゃア。」

「そりゃア、どっちなのよ。」と、桃子さんは詰めよる。

「君とだよ。」

「それ、ごらんなさい。」

桃子さんは、思わず、ニコニコとしてしまった。

5

その夜、大伍君は、桃子さんに、

「黙って、ついてくるのよ。」と、心斎橋筋《しんさいばしすじ》へ連れていかれた。

宮田さんは、大伍君から、今夜はカンベンして下さい、といわれて、

「ちぇッ、友達甲斐のない奴だ。」と、怨んだが、すでに無理をいっていると知っているので、渋渋ながら承諾した。

「ああ、今夜は淋しいだろうなア。恐ろしいだろうなア。しかも、明日は日曜日だとい

うのに、これも、あれも、ヘソクリの報いか。やれやれ。」と、宮田さんは本音を吐いた。

すでに改悛の情が顕著と見るべきであろう。しかし、ここらがちょうどいいので、これを越すと、男は本当に腹を立てる。そうなると、ちょっとやそっとでは、手がつけられなくなる。今夜あたりが、宮田さんも爆発の一歩手前で、あと二、三日も現状のまま放っておいたら、奥さんに対して、心底から憤りを発してしまう可能性がある。

「ねえ、ちょっと、ここへ寄らない？」と、桃子さんがいって、大伍君を喫茶店に誘い込んだ。

見ると、奥のテーブルに、宮田さんの奥さんがいる。

「やッ。」と、大伍君が吃驚《びっくり》すると、桃子さんが、

「あたしがお呼びしたのよ。ふッふッふ。」

奥さんが立って、

「こんどは、大変お世話になりまして。」と、丁寧に挨拶した。

そこで、大伍君はあらためて、この数日の経過を話させられることになった。

「だから、奥さま。今夜にでもお帰りになったら？　もう大丈夫ですわ。」

と、桃子さんがすすめた。

「でも、あたし、もう一日、二日、主人に恐ろしかったり、淋しかったり、させてやり

たい気もしますわ。だって、今までは、いつも桜井さんといっしょだったんですもの。」

と、奥さんの決心がつかない。

「でも、奥さま。明日は日曜日でございましてよ。」

「あら、そうでしたわねえ。」

明日が日曜日なら、良人は当然、一日家にいる。もし、今夜中に帰らなかったら、そのせっかくの日曜日がムダになってしまう。すると、朝から晩まで良人といっしょにいられるのは、一週後になる。

「そうでしたわねえ。明日は日曜日でしたわねえ。」

奥さんは何を頭に描いているのか、その頰に、仄仄《ほのぼの》とした明るさが漂うてきた。

「あたし、やっぱり、今夜、これからすぐ里に戻り、子供を連れて西宮へ参りますわ。あの、ごめん遊ばせ。」

そういって、奥さんは、立ち上り、いずれの再会を約して、そそくさと出ていった。

あとに残された大伍君と桃子さん。何んとなしの沈黙。

「そうだ。明日の日曜日は、自分の部屋で、ぐっすり眠ることにするか。」

大伍君がいうと、桃子さんは、

「あたしは、一週間分のお洗濯よ。」と、いった。

二人は顔を見あわして、何んとなしに微笑しあった。

第三話　好きになったり、なられたり

1

真夏の夜、山吹桃子さんは、仲良しの営業部の千代田信子さんと二人で、梅田界隈の食べ物屋街を歩いていた。

漸く暗くなりかけているが、まだ八時前である。会社から一目散に映画館に駈けつけた、その帰り道であった。映画は濃厚なフランスの恋愛物であったから、二人とも、何んとなしに興奮していることは確かだが、同時に、お腹《なか》の虫が、ときどき、ぐうッと鳴るくらいに空腹であることも確かであった。

「何を食べましょうか?」

「あたし、まぐろの握りずしが食べたいわ。映画を見ている真ッ最中からよ。」

「あら、そんなら、あたしもよ。」

たちまち、二人の意見はまぐろの握りずしということで一致した。しかし、フランスの恋愛映画とまぐろの握りずしとは、いったいどんな因果関係があるのか、二人とも別に意に介さなかった。

桃子さんは、かつて、桜井大伍君に、この近くのうまいすし屋に連れていって貰ったことがあるから、そこへいってみよう、ということになった。すでに、この辺には、酔っぱらいたちがうろうろしている。

「何んだか、女二人だけで、おすし屋へいくのは、きまりが悪いわね。」と、信子さんがいった。

「あら、平気よ。」と、答える桃子さんも、実は、今日までにそんな経験がないので、多少、不安である。

「桜井さんにでも、いっしょに来て貰うとよかったわね。」

「大伍さんたら、厚生課の宗田さんと二人で、会社が終ると早早にどこかへすっ飛んでいったわよ。」

「まア、宗田さんと?」と、信子さんがいって、ふっと、美しい星空を見あげた。そして、あるかなしの溜息《ためいき》を、ひそかに洩らしたようだ。

「だから、あの二人、どこか此の辺で、お酒を飲んでるんじゃないかと思うのよ。何んでも、この辺に、よく飲みにくる、おでん屋があるらしいわ。」

「ねえ、探してみない？　そして、二人におすし屋へ案内して貰わない？　そうしたら、おごって貰えるかも知れないし。」と、信子さんが、急に、積極的になってきた。顔つきまでが、いきいきとしてきている。

「ええ、いいわ。」と、桃子さんにも、勿論、異存はなかったのである。

それに桃子さんには、酔っぱらった大伍君を見るのが、何んとなしに楽しい気がする。ちょっと、クダをまかれてみたい気がする。それから、介抱してやってみたい気がする。どうやら、これだけは、さっき見たフランスの恋愛映画の影響であったかも知れない。

どこの飲み屋も、電灯を明るくして、外からは、たいていまる見えである。すでにして、放歌高吟しているサラリーマンたちも少なくなかった。何んとなく、別の世界に足を踏みいれた気分で、桃子さんと信子さんは、そんな一軒一軒を、注意深く覗き込みながら歩いていった。

「あら。」と、桃子さんが棒立ちになった。

「何?」と、信子さんが、桃子さんの視線を追っていったが、これは、

「あら、まア。」と、思わずいってしまった。

まったくガッカリであった。何故なら、探し求める大伍君は、たしかにいるにはいたけれども、甚だしく不体裁な格好をしている。

そのとき、大伍君は、若い女の肩に左手をかけ、顔を近近と寄せ、しかも、右の手は、まるで拝み奉るように、女の目の前につき出しているのであった。それは一見、その女

を熱心に口説いているようであった。しかし、別の見かたをすれば、女にしつように借金の申し込みをしているようであった。要するに、公衆の面前で、醜態《しゅうたい》の極み、といわねばならない。

それにくらべると、宗田君の態度の方が、ともかくも立派である。すくなくとも、普通ではある。彼は、一人でお酒を飲み、一人でおでんを食べている。ときどき、大伍君と女の交渉振りが、気にかかってたまらんらしい風情を見せるが、しかし、目と鼻の先で、そんな醜態を見せつけられては、一応誰だって、そんな風になるに違いない。

殊に、桃子さんが気にいらないのは、その若い女（おでん屋の女中であることは一目瞭然である）が、案外、綺麗であることだ。しかも、彼女は、じいっとうなだれているくせに、ときどき、ちらッと大伍君を見上げては、何んとなしに困ったような、そして、羞《は》かしいような、いわば、触れなば落ちん的な思わせぶりの風情を漂わしていることであった。

おでん屋の親方は、そんな二人を、ニヤニヤ顔で見ていた。万事のみこんでいるようである。

桃子さんは、急に腹が立ってたまらんようなムカムカした気持になってきた。

「あれはいったい、何んたることなのよ。あたし、もう、あきれ返って、モノがいえないわ。」

「そうよ、そうだわ。」と、信子さんが同感して、

「でも、宗田さんの方が、やっぱり男らしいわね。」

「ううん。」と、桃子さんは強く否定して、

「あたしは要するに、どっちもどっちだと思うわ。」

「そうでもないわよ。」

「そうよ、そうにきまっているわ。だから、あたしたち、もう、あんな愚劣な男たちなんか相手にしないで帰りましょう。」

「じゃア、おすしは？」

「まア、あんた、おすしなんか、まだ、食べる気なの。」

「だって、あたし、お腹ぺコぺコよ。」

「でも、あたしは、何んだか、もうお腹がいっぱいよ。だから、あたしは、これからすぐに家へ帰るわ。帰って、すぐに頭から布団をかむって寝ることにするわ。」

そういって桃子さんは、もう一度、大伍君の方を睨みつけて、あとは口許《くちもと》をぐっと引き緊《し》め眉《まゆ》を吊《つ》り上げながら、さっさと歩きはじめた。信子さんは、未練たっぷりに宗田君の方を見てから、急いで桃子さんの後を追った。

2

その翌朝である。

大伍君はいつもの如く悠揚として、事務室に入ってきた。桃子さんは、チラッと見たが、別に宿酔《ふつかよ》いでもないらしい、と素速く判断した。

「お早う。」

「お早うございます。」と、口口にそんな挨拶が交《かわ》されている。

大伍君は、いつもの調子で、

「やア、お早う。」と、自分の椅子に腰をドッカと降しながら、隣の桃子さんにもいった。

「お早うございます。」と、桃子さんが応じる。しかし、ニコリともしないし、いやに切口上である。勿論、顔はそっぽを向けている。

大伍君は、まだ、桃子さんの不機嫌に気がつかない。だから、いつもの習慣で、

「お茶を頼むよ。」と、催促した。

「お茶ぐらい、ご自分で汲んで来て、おのみになったらいいわ。」

「えッ？」

「あたしは、大伍さんのお茶汲みのために、会社へ来てるのやあらしません。」

「ほう。」と、大伍君は、唸った。

（どうも、ご機嫌が斜めらしい）

そう気がつくと、これ以上、桃子さんのご機嫌を悪くしては工合が悪いと、大伍君は考えた。何故なら、今日桃子さんに借金の申し込みをしなければならないのである。大伍君は、たとえば、奥さんにヒステリーを起された時の善良な亭主の如く、自分で立っていって、部屋の隅にいき、お茶をいれた。そして、いっぱいは自分に、もういっぱいは桃子さんのために持って帰った。

「ほい、朝のお茶をいれて来てやったよ。」

「あら。」と、桃子さんは思いがけぬ次第となって、ちょっと狼狽《ろうばい》した。思わず、

「すみません。」と、しおらしくいってしまったのだが、そんな自分を見て、ニコニコしている大伍君の顔に気がつくと、またしても、昨夜の醜態がムカムカとしてくるのであった。

今更、大伍君のいれてくれたお茶なんか飲みたくない。だから、以後その方には一切見向きもせずに、仕事に熱中した。尤も、熱中する割に、能率がそれほど上らないのは、やはり肝心の心が仕事の中に、融け込んでいない証拠であったかも知れない。いや、仕事に熱中していると見せかけて、大伍君の一挙一動を、ちゃんと横目で見ていたのである。だから、大伍君が、自分の方を見ながら、妙にモジモジした素振をしはじめたときには、

（いよいよ、あれだわ）と、ひそかに意地悪な会心の笑みを洩らした。

あれ、とは借金の申し込みである。桃子さんは、今までに大伍君から借金の申し込みをされたことは、それこそ数え切れないくらいだが、それでも大伍君という男は、そのつど、きっと妙にモジモジしてから話を切り出すのであった。そういう点、回数に比例する程の借金ずれはしていないようである。

「こんどの月給日まで、千円貸して貰いたいんだが。」と、果して、大伍君がいった。

「ないわ、そんなお金。」

待ってましたとばかりに、桃子さんは、ケンもホロロである。大伍君は、狼狽した。

「そんな殺生な。僕は、もう一文なしなんだぜ。」

「でも、そりゃア、あたしのせいじゃなくってよ。」

「勿論、君のせいじゃアないかも知れんが、いつでも貸してくれたから、僕は、すっかり安心していたんだ。今更困るよ。しかも、月給日まであと十日もあるんだぜ。君は、可哀そうだと思わないか?」

「絶対に思わないわ。でも、それは自業自《じ》得《とく》だと思うわ。」

「何んで、自業自得なんだい?」

「だって……。」と、桃子さんは大伍君を睨んだ。ここまできたら何もかもいってやれという気になってきた。いや、いわずにいられないのである。

「あたし、ゆんべ、大伍さんを梅田のおでん屋で見たわよ。」

こういってやったら、すこしはきまりの悪い顔でもするか、と思ったのに、大伍君は、いささかもきまり悪がらないのである。

「ふーむ。そいつは、ちっとも知らなかったなア。」

「あんなところで飲む金を、どうしてあたしが立替えたりしてあげなきゃアならないの。」

「そりゃアまア、そうかも知れないが、しかし、せっかく僕を見つけたんなら、どうして声をかけてくれなかったんだい？　案外、不人情だな。」

「阿呆らしい。だって大伍さんたら、おでん屋の女のひとを口説いている真ッ最中だったじゃアないの。」

「えッ？」

「白っぱくれたってダメよ。営業部の千代田さんと一緒に、はっきり見たんですからね。」

しかし、大伍君は、一向に驚かないのである。桃子さんは、いよいよ憎らしくなってくる。

「だから、これからお金は、あの女のひとからでも借りたらいいわ。あたしは、もう、絶対におことわりよ。」

「しかし、僕はやっぱり、桃子女史から拝借したいんだよ。」

「女史なんて、いわんといて頂戴。ちゃんと、桃子さん、と呼んで頂戴。」

「では、桃子さん。」

「はい。」と、いって、桃子さんは、相変らず、プッとふくれている。

「僕はゆんべ、おでん屋でたしかに彼女を口説いていたよ。」

「それ、ごらんなさい。あの格好ったらまるで、醜態だったわ。」

「しかし、あれは、宗田君のために口説いていたんだよ。」

「まあ、嘘ばっかり！」

「いや、本当なんだ。」

そこで、大伍君が喋《しゃべ》ったところによると、こうであった。

宗田君は、かねてから、梅田のおでん屋「梅月」のお邦《くに》さんに惚れていた。結婚してもいいとさえ思っている。しかし、お邦さんの方は、なびくが如く、なびかざるが如く、宗田君としては、じれったくてしようがないのであった。しかも、どうにももはや我慢が出来ないような気分になってきた。大伍君もたまには「梅月」に飲みにいく一人である。そこで、宗田君は、

「君は、かのお邦さんを、あんなおでん屋の女には勿体ない、と思わないかね。」と、大伍君にいったのである。

「思ってもいいよ。」

「そうか、有難う。ついでに、念のために聞くが、君は、まさかお邦さんに恋慕の情を寄せている、というようなことはあるまいね。」

「その点なら、絶対、心配ご無用だよ。」

「よし。そんなら、ひとつ頼みがあるんだよ。彼女の意中を聞いてくれないか。実をいうと、僕は彼女恋いしさに目下の処、神経衰弱になりそうなんだ。」

「君が神経衰弱になるというのかい？」

「すでに、半分ぐらいなっているはずだ。そんな風に見えるだろう？」

「一向にそう見えんなア。」

「そんなはずがない。そうにきまっているんだ。本人の僕がいうんだから、君は黙って信用すればいいんだ。」

大伍君は無理に宗田君の神経衰弱を信用させられた上に、お邦さんの意中までもはっきり聞いてくれ、と頼まれてしまった。

「仕方がない。では、今夜いって聞いてやる。」

「すまん。実にすまん。しかし、今夜の僕は、ちょっと金が足りないんだぞ。」

「金が足りないのかい？」と、大伍君はガッカリしたが、しかし、乗りかかった船である。

「まア、いいや。それも、今夜は僕が引受けよう。」

「そうか。重ね重ねすまんなア。では、僕は親船に乗った気持でいるぜ、今夜は。」

宗田君は、本当に親船に乗ったような顔をしたそうである……。

「と、いうわけなんだよ。」と、大伍君が桃子さんにいった。

「まア、そうだったの。ほッほッほ。」

とたんに、桃子さんは上機嫌になってしまった。自分でも、ちょっと現金すぎる、と後めたかったが、ニコニコッとしてくる顔の表情は、どうにも始末におえないのである。

「で、その女のひとのご返事は、どうだったの？」

「うん、二、三日考えさせてくれ、というところなんだ。」

「じゃア、二、三日たったら、大伍さん、また、そのおでん屋へいくの。」

「仕方がない。」

「相変らず、世話焼きねえ。」

「何、それほどでもない。」

「ううん、そうよ。じゃア、借用証を書いて頂戴。」

「貸してくれるのかい？」

「だって、貸してあげなかったら、大伍さんが困るんでしょう？」

「勿論。」

「そんなに威張った口をきくの、あたし、どうかと思うわ。」

そういってから、桃子さんは、さっき大伍君がいれてくれたお茶が、そのままになっているのに気がつき、何んとなしにてれくさい顔でいった。

「ねえ、もう、お茶、飲みたくない？　もし、飲みたいんだったら、さっきのかわりに、あたしがいれて来てあげるわよ。」

大伍君が鷹揚《おうよう》に答えた。

「たのむ。」

3

その翌日のお昼、桃子さんが会社の食堂で、ごはんを食べていると、千代田信子さんがその横へ来て、腰をかけた。

「ねえ、ちょっと、深刻な身上相談があるんだけど、聞いてくれる？」

桃子さんはおどろいて、

「まア、あんたまでも、深刻な身上相談が必要なの？」

「あたり前よ。こう見えても、あたしは、目下、思春期の絶頂にあるのよ。」

そういって、信子さんは何んとなしに向うの方を見た。そこには、大伍君と宗田君が並んでいた。食後のお茶を飲みながら、ひそひそ話をしている。話題は恐らく、おでん屋のお邦さんのことであろうと、桃子さんには察しられた。

「ねえ。」と、信子さんは、桃子さんの方へぐっと顔を寄せてきて、声を低めた。

「あたし、これでも二晩、ろくに寝ないで考えに考えたのよ。」

「二晩も寝ないで？」

桃子さんが吃驚《びっくり》して信子さんの顔を見たが、彼女は一向睡眠不足らしくなく、寧ろ、そのソバカスの多い顔が、たっぷり眠ったあとのように、いきいきとしていた。

「信じられないくらいだわ。」

「信じてよ。」

「いったい、何をそんなに考えたのよ。」

「勿論、宗田さんのことにきまってるわ。」

「宗田さんのことを？」

「そうよ。でも、あんた、まさか、宗田さんが好きになったなんていわないでしょうね。だって、あの夜の宗田さんの態度は、桜井さんのだらしなさにくらべたら、月とすっぽんほどの差があったんですもの。だから、あんたが急にあの夜から、宗田さんが好きになったりしないかと心配で、それもあたしの睡眠不足の原因のひとつだったのよ。」

「そんなら、完全に安心して頂戴。あたしは、宗田さんには無関心よ。」

「よかったわ。ありがとう、桃ちゃん。」

「お礼をいわれると、あたし、てれくさくなるわよ。」

「いくらでも、てれくさくなりなさい。それでね、あたし、宗田さんと思いきって結婚をしようと思うの。」

「まア。フルスピードなのね。」

「だって、あたしは前前から宗田さんが好きだったらしいのよ。それが、あの夜の毅然《きぜん》とした姿を見てから、たまらないくらいに好きになってしまったんだわ。きっと、こんなのを微妙な娘心というんだと思うけど、あんたにわかる？　このあたしの気持——。」

「わかるわ。でも、あの夜の宗田さんの態度、あれで毅然としていたかしら？」

「していたわよ。」と、信子さんは断定した。

桃子さんは、困ったことになった、と思った。本当は、だらしなく見えた大伍君よりも、一見、毅然としていた宗田君の方が、その何倍かだらしがなかったのだ、と真相をいってやりたかった。しかし、それをいったら、目下、熱病に浮かされている信子さんが、卒倒しないとも限らない。

「あんたはあたしと宗田さんの結婚を賛成してくれる？」

「さア……。」

「賛成、とはっきりいってよ。そのあとにまだお願いがあるんだから。」

「お願いって？」

「あんたから桜井さんを通じて、あたしの気持を宗田さんにいってほしいのよ。」

「そんなの、あたし、嫌よ。」

「あら、どうして？　自分のことでなかったら、平気じゃアないの？」

「でも、あんたほどの心臓があったら、直接にだっていえるはずよ。」

「あたしの心臓は、本当はとても純情可憐にできてるのよ。」

「信じられないわ。」

「信じてよ。」

「そんなら、手紙を出したら？」

「ダメよ。あたし、これで案外、字がまずいのよ。作文だって下手《へた》だわ。だから、うっかり手紙なんか出すと、いっぺんに誤解される恐れがあるの。やっぱり、あんたから大伍さんにいってよ。ねえ、頼んだわよ。いいわね。あたし、色よい返事を待ってるわ。」

そういって、信子さんは、席を立っていってしまった。いつの間にか、大伍君と宗田君の姿も、食堂から消えている。桃子さんは、ちょっと呆然《ぼうぜん》としていた。

（困ったわ、困ったわ）

4

そうして、こうなったら、大伍君に相談するより仕方がない、という結論に達した。

「そいつは、困るよ。」と、果して、大伍君がいった。

「あたしだって困るのよ。」と、桃子さんがいった。

二人は会社の帰り道である。御堂筋の並木道を梅田に向かっていた。

「千代田君から、そんな話があったら、当然、真相はこうだ、と説明してやるべきであるよ。」

「だって、そんなことをいったら、信子さんが失恋自殺をしないとも限らないんですもの。あたし、そんな残酷なことといえないわ。」

「そんなに、真剣なのかい？」

「そうよ。だいたい、大伍さんがいけないのよ。」と、桃子さんには、この際、もっと大伍君を困らしてやろうとの魂胆《こんたん》があった。

「大伍さんが、あんなみっともない真似を見せつけるから、信子さんが本当に宗田さんを好きになってしまったんだわ。大伍さんに責任があるのよ。」

「すると、もし、あれが逆だったら、僕が千代田君に惚れられたかも知れないな。ふーむ、惜しいことをしたもんだ。」

「あんまりいい気にならないで頂戴。」

桃子さんは、大伍君の背中を、ドシンと殴《なぐ》ってやりたいほどの心境になった。

「あたしは、宗田さんがあんなおでん屋の女のひとと結婚するより、やっぱり信子さんと結婚した方がいいという結論よ。だから、宗田さんの気持が、信子さんの方に向くように、大伍さん、何んとかしてよ。」

「そいつは困る。僕は、宗田君からはっきりお邦さんが好きだ、といわれているし、しかも、身代りに口説いている。今更、そんな不見識な真似は出来ないよ。」

「あたしがこんなに頼んでも？」

「そりゃ仕方がない。」

「あたしは、大伍さんを見そこなっていたわ。いいわ。こうなったら、あたしだって、決心するわ。絶対に、信子さんと宗田さんが結婚するようにしてみせるわ。」

「そりゃア無茶だよ。」

「ちっとも無茶じゃなくってよ。だから、大伍さんとあたしは、当分の間、敵味方よ。それでもいいわね。」

桃子さんは、大伍君の顔を見上げながら念を押した。こうなると、大伍君も負けていられない気になる。

「よし、いいとも。」

「じゃア、ここで、さようなら。」

「何も、いっしょに帰るくらい、いいじゃアないか？」

「ダメ。覚悟をしていなさい。」

そういって、桃子さんは、クルリと横道にそれていってしまった。大伍君はあきれている。そして、呟《つぶや》いた。

「相当な強情ッ張りだわい。」

大伍君の口許に、苦笑が湧き上ってくる。

つらつら考えてみると、大伍君は、いつでも桃子さんに一枚上手《うわて》をいかれているようである。ひとから頼まれると、厭《いや》といえぬ困った性分だが、しかし、その頼まれたことがややこしいことになってくると、大伍君だけでは無理で、たいてい、桃子さんがうまく処理してくれている。しかしたまには、桃子さんの援助がなくても、自分だけでも見事な頼まれ甲斐を見せておく必要があった。ましてや、こんどは桃子さんが、大伍君の敵にまわると宣言した。桃子さんだから、どんな権謀術数《けんぼうじゅつすう》を用いないとも限らない。

(こうなったら、俺も男の意地だ)

大伍君は、珍らしく、そんな気になる。桃子さんの鼻をあかしてやりたい。それには、桃子さんが策を弄する前に、宗田君とお邦さんを、本当の恋仲にしてしまう必要がある。

(よし、これからいって、お邦さんに会ってみよう)

幸いにこの間、桃子さんから借りた千円のうち、七百円は残っている。大伍君は、まだ、ちょっと時間が早いように思ったが、それならそれで他の客がいないだろうから、却って、お邦さんと話しやすいに違いない。

大伍君は、その足で、おでん屋の「梅月」に向かった。

「やア、いらっしゃい。」と、親方は愛想がいい。果して、ほかにお客さんがいなかった。大伍君は、冷たいビールをぐっと飲んで、

「親方、お邦さんは？」

「ちょっと、出かけていますが、間もなく、戻りますよ。」

それから、親方は、何んとなしにニヤニヤして、

「桜井さん。あんた、この間、お邦を口説いたんでしょう？」

「口説いたって、僕のためじゃアないんだぜ。」

「わかってますよ。それで、お邦が、あとでひとの気も知らないでと憤《おこ》ってましたよ。」

「じゃア、あの話はダメかい？」

「ダメですな。だって、あんた、お邦はいってましたよ。あたしは、宗田さんなんか大嫌い、でも、桜井さんの方が大好きだって。」

「おい、冗談じゃアないぜ。」

「いえ、冗談どころか、お邦は本気でっせ。だから、こんど桜井さんが見えたら、うんと酒を飲んで、逆に口説いてみせるって。あんた、覚悟をしていなさいよ。」

「親方、変に、おどかさんといてくれよ。」

「そのうちお邦が戻ってきますから、何もかも、はっきりします。」

「親方、僕は、もう、帰るよ。」

「あれ、いま、来たばかりじゃアないですか？」

「でも、もう帰るよ。」

「さては、お邦に口説かれるのが、恐くなったんですな。」

「とにかく、僕は帰るよ。」と、大伍君は、もう、立ち上っている。

親方は、笑いながらいった。

「じゃア、二百五十円いただきます。でも、桜井さん。あんた、当分、お邦につけ狙われますから、覚悟をしていた方がいいですよ。」

5

その翌日、大伍君から桃子さんに妥協《だきょう》を申し込んだ。

「どうだろう、やっぱり、二人は敵味方になるのをやめて、味方同士になっては？」

「でも、大伍さんは、宗田さんとあのおでん屋のひとと結婚させるつもりでしょう？あたし、そんなら仲直りなんかしなくってよ。」

「いや、この際、方針を変更する。どうも、宗田君には千代田君の方が、ふさわしいようだ。だからね、あとは君にまかせるから、宗田君と千代田君をうまく恋仲にしてやってほしいんだ。」

「まかすだけじゃアダメよ。やっぱり協力してくださらなくっちゃア。」

「うん、協力するよ。」と、大伍君はあっさりカブトを脱いだ。

桃子さんは上機嫌である。まさか、大伍君の方針変更の理由が、彼がお邦さんに惚れられたせいとは気がつかない。勿論、大伍君も、それをいう気にならなかった。二度と、おでん屋「梅月」には、いかないことにした。

「ねえ、明日の日曜日に、二人を六甲山へ登らせない？」

「二人を？　いくだろうか？」

「そこが、頭の働かせどころよ。」

桃子さんの案は、こうである。

四人で六甲山に登る約束をする。集合場所は、阪急の芦屋川駅ときめて、午前九時に集まる。しかし、大伍君と桃子さんはいかない。となれば、二人は厭《いや》でもいっしょに山へ登るに違いない。若い二人が、そんな風にして一日を過ごしたら、きっと、心の触れあうチャンスがあるだろう。そして、あとは成りゆきにまかせたらいい……。

「だから大伍さんは、宗田さんを誘ってよ。あたしは、信子さんにいうから。」

桃子さんは、この思いつきに、すっかり満足しているようである。

「しかし、僕たちが二人ともいかなかったら、あとで変に思われないか？」

「大丈夫よ。却って、結果的には、よろこばれるわよ。」と、桃子さんは自信満満であった。

桃子さんはすぐに信子さんに、六甲登山のことをいいにいった。仕方なしに、大伍君も宗田君に、そのことをいいにいった。

桃子さんは、その結果を、大伍君に報告した。

「信子さんたら、大よろこびよ。あたしの手を握って、感謝感激するわ、ですって。だから、明日はうんと綺麗にしていって、宗田さんを誘惑してやりなさい、とあたしがいってあげたら、ええ、腕にヨリをかけて、と張り切っていたわ。ふッふッふッ。」

「僕は宗田君に、どうもお邦さんには、変なヒモがついてるらしいから、警戒した方がいい、といったら、とても悲観していた。でも、そんなにガッカリするな、捨てる神あれば、拾う神もあるもんだ、明日は六甲山へ四人でいこう、それに、千代田さんは君が好きらしいぜ、といってやった。」

「そうしたら？」

「うーむ、と唸っていたが、そのうちに、とにかく、六甲山へはいくそうだ。」

「じゃア、もう、大丈夫ね。」

「さア、どうだかなア。」

「ううん、大丈夫よ。」

二人は仕事にかかった。そのうちに、桃子さんが大伍君にいった。

「大伍さんは、明日の日曜日を、どうするの？」

「そうだなア。」と、大伍君は仕事の手を休めて、窓の外のギラギラ照りつける空を見上げながら、

「だいぶん、洗濯がたまっているんで、それをするよ。」

「大伍さんは、自分でお洗濯をするの？」

「仕方がないじゃないか。」

「そんなら……。」と、しばらくたってから、桃子さんが優しくいった。

「あたしが、そのお洗濯にいってあげようか。」

そういってから桃子さんは、何んとなしに、顔をあからめていた。

第四話　恋人と残業

1

総務課の三原直治君の仕事熱心には、誰も彼も恐れいっていた。

彼は一週間のうち、三日間はたいてい七時過ぎまで残業をするのである。残業なんか、たいていのサラリーマンは嫌がり、何んとか口実をもうけて、退社の定刻後、すくなくとも三十分以内にはコソコソ退散をはかるものだが、三原君に限ってはその逆で、何んとか口実をもうけて、七時過ぎまで残業をしようとたくらんでいるらしい傾向があった。

「ほんとうに、君は、仕事が好きらしいね。」と、桜井大伍君が感心した。

「いや、何。そうだ、要するに、僕は、仕事の虫なんだ。」

三原君は、自分ながら、仕事の虫、とはうまい返事をしたもんだ、という顔である。そういわれて、大伍君がつくづく三原君を眺めてみると、何んとなく虫みたいな顔に見えてくる。勿論、仕事の虫、といったような立派な虫ではなく、たとえば、きりぎりすを連想させられるような月並な虫顔に過ぎないのである。

しかし、仕事の虫と自称する三原君は、だいたいにおいて、昼間は煙草をやたらに吹かしてみたり、お茶をガブガブと飲んだり、廊下を散歩してみたり、あるいは、あっちをきょろきょろ、こっちをきょろきょろ、むやみにひとに話しかけてみたり、要するに、仕事にはあまり興味がないらしく、いうなれば、悠悠自適している。そのかわり、定刻の午後五時近くになると、俄然、張り切って、

「わッ、こう忙がしくてはたまらん。仕事が山ほど溜ってしまった。チェッ、今日もまた残業だ。まったく、やり切れんよ。」と、あたりに聞えよがしな大声でいうのであった。

「そうかね、気の毒だね。では、手伝ってやろうか。」と、誰かが口を出すと、

「いいよ、いいよ。そんなにして貰っては、気の毒だ。僕はこれでも責任観念の極めて旺盛な男だから、自分のことは自分でする主義なんだ。君、どうか、遠慮なく先に帰ってくれ給え。」と、三原君は、大急ぎでそんな風にいうのを常としていた。

はじめのうちは、誰も、そんな三原君にそこはかとない敬意を表していたのだが、月給日になって、彼が残業手当を二千円も貰うことが続くに及んで、おや、こん畜生、と思いはじめた。三原君の月給は、目下の処九千円ぐらいだが、残業手当を加えると、一万千円になる。二十六歳の独身で、月に一万千円の月収なら、そう悪い方ではない。

三原君は、なかなか、おしゃれである。ネクタイも十本以上持っていて、毎日取替えてくる。ワイシャツだって、いつも綺麗なのを着ているし、洋服もダブルである。九千円の月給取りにしては、よくこんなおしゃれが出来るもんだ、と疑っていた人たちも、今では、三原君は、おしゃれのために、計画的に残業するのだな、と思い込むようになった。

それはこうである。

ある日、三原君は、六枚のパンツを買ってきた。そして、それを机の上に並べて、ちょっと得意そうに説明した。

「僕は、こんなに肥っているだろう？　だから、とても汗をかいて、パンツを毎日取換えないと、すぐインキンになる恐れがあるんだ。実際、高くついて、やり切れんよ。」

インキンなんて言葉は、うっかり女性の前で口にすべきでない。周囲の女事務員たちが、まア、厭《いや》らしいわ、と顔をあからめたのは当然である。ただし、山吹桃子さんだけは、ぐっと三原君を睨みつけたのだが、本人は一向にそれを感じないで、嬉しげに真新しいパンツをヒラヒラさせながら、

「この六枚を、毎日一枚ずつ、日曜日から土曜日まではいて、日曜日に、その六枚をいっぺんに洗濯するんだよ。」

「すると――。」と、大伍君が気がかりらしくいった。

「君は、日曜日には、フリチンで洗濯するのかい？」

とたんに、大伍君は、桃子さんから、そろばんの先で、脇腹をいやというほどぐっと押された。大伍君は、何故、そんな目にあわねばならぬのかわからないから、おどろいて桃子さんの方を見た。しかし、それより先に、周囲《まわり》が、

「わッはッは。フリチンはよかったね。そんな情景を見たいもんだね。」と、爆笑した。

なるほど、これでは女性に失礼であったかも知れぬと、大伍君は苦笑する。

そのとき、三原君は、ついうっかりいってしまったのである。

「あッ、そうか。もう一枚、パンツを買わねばならん。では、今日は臨時の残業だ。」

そして、昨夜残業をしたばかりの三原君は、その日も、やっぱり残業をした。

その後、三原君が七枚目のパンツを買ったかどうかは殊更の報告をしなかったが、一回の残業手当の金額が、だいたい、一枚のパンツ代に相当するようであるから、恐らく、日曜日にはフリチンではなしに、即ち、臨時の残業手当で買った第七枚目のパンツをはいて、のびのびと安心して洗濯をしているのに違いあるまい。

それはともかく、以来、三原君の残業は、仕事熱心とか、職務に忠実とか、そんな殊勝な心がけからだけではなく、月収以上のおしゃれのための計画的な行為であると信じられるようになってしまったのである。

三原君のことを、ミスター残業、と呼ぶようになったのは、その頃からであった。

「ミスター残業。今日も残業かね。」

「うん。まったく、やり切れんよ。」

「こんどは、何を買うのかね。」

三原君は、そう聞かれても、別に厭そうな顔をしないだけの心臓の所有主である。

「そうだね。こんどは、オールウェーブのラジオを買いたいんだよ。」

「そいつは凄いなア。」

「まア、半年計画だよ。しかし、これも要するに、僕の仕事が忙がし過ぎるので、その余得というようなもんだ。くれぐれも、誤解しないでくれ。」と、三原君は、平然と答えるのである。

総務課長の佐々木さんは、勿論、三原君が計画的に残業をしていることは知っていた。それでいて知らん顔をしているのは、一種の温情主義であり、そしてまた、三原君が月に二千円の残業手当を取ったところで、まさかその為に会社がつぶれることはあるまいし、また別に自分の腹が痛むわけでもない、と達観しているからであったかもわからない。

2

三原君は、アパートで暮している。四畳半の部屋であるが、独身者のくせに、ちゃんと整理ダンスまで備えているのは、すべてこれ残業手当のおかげであろうか。

さてある日、三原君は、会社の帰りに駅から降りたところで、雨に降られた。けさから、ひと雨きそうな空模様であったのである。通行の人人は、クモの子を散らすように走りはじめた。しかし、三原君は落ちつき払っている。何故なら、要心ぶかい彼は、こんな空模様の場合は、かならずコウモリ傘を持って出勤するからである。ついでながら傘は会社に一本、アパートに一本、常備してあった。二本とも、残業手当で買ったものであることは、今更、説明する必要もないくらいである。

三原君は、おしゃれではあるが、だからこそ、却ってズボンの裾を濡《ぬ》らすことを人一倍嫌う。こんな場合は、一時の体裁の悪さなど問題でなく、直ちに裾を膝までまくり上げ、あとはコウモリ傘の有難さを満喫しながら、しだいに強く降る雨の中を歩いていった。あちこちの軒下で、人人が雨宿りをしている。そのうちに、遠くの方で、雷が鳴りはじめた。とたんに、三原君の顔色が変りかけてきた。何故なら、三原君はいまだ独身だから、女房の恐ろしさを実験したことはないが、世の中でいちばん恐ろしいのは、雷だと思っているからである。雷の恐ろしさに比較したら、女房なんて問題でないはずのもんだ、とさえ思っていた。

雷が近寄ってこない間に、アパートに駈け込まねばならぬ。アパートに駈け込んだら、大急ぎでカヤを吊り、その中に入って両手で耳の穴を塞いでいようと、三原君は小走りをはじめた。

雨は土砂降りのようになってきた。しかも、雷の音は、いよいよ、こっちへ近づいてくる。稲光りが、暗い空で、ピカッピカッと連続的に光った。

駅からアパートまで、歩いて十五分はかかる。しかし三原君は、まだその半分ぐらいしか来ていなかった。

グヮラッ、グヮラッ。

雷鳴は、凄まじいことになってきた。そのうちに、三原君は、

「あッ、どうしよう。大変だ！」と、本当に、顔面蒼白になってしまった。

三原君は、雷の時に、コウモリをさして歩くべからず、との金言を思い出したのであった。そうなると、今にも、雷がコウモリの先の金属の部分から伝わってきて、一瞬に自分を真っ黒コゲに壊滅さしてしまいそうな予感がしてくる。歩きながら、いても立ってもいられぬ思いであった。

(こんな傘なんか、捨てなければならぬ)

そう思った。しかし、捨てるのは、たしかに惜しい気がする。これでも、一週間の残業によって得たものだ。

そのとき、またしても、すぐ頭の上で、雷がまるで天の一角を割るように、グヮラッ、グヮラッと鳴り渡った。

「わッ。」

三原君は、悲鳴をあげた。夢中で、コウモリ傘を投げ出して、すぐ近くの家の軒下に駈け込んでしまった。頭を両手でかかえ込み足許をブルブルとふるえさせている。そのうちに、ふといま投げ捨てた傘の行方に眼をやると、どこにもないのである。

「しまった。」と、三原君は、残念そうに叫んだ。

そこに流れている川の中にうっかり投げ込んだらしい。しかも、その川は、平常は深さが一尺もないのに、今は、溢《あふ》れるような急流となっている。

（まア、いいや。あれを捨てたから、いのち拾いをしたのかも知れん。そう思って、あきらめるより仕方がない）

三原君は、悲しげにそう心の中で呟《つぶや》いて、空を見上げた。雨は一向にやみそうにない。その間に雷は、ますます、クライマックスに近づいてきている。

すると、誰かが、向うの方から、陽気に鼻歌を唄いながらやってくる。しかも、驚くべきことには、それはパラソルをさした若い娘であった。雷なんか、まるで屁《へ》の河童《かっぱ》だわ、といわんばかりの陽気さで、悠悠闊《かっ》歩《ぽ》してくるのである。

しかし、それを見た瞬間、三原君は、その娘の大胆さに驚嘆するよりも、雷のときには、コウモリ傘をさして歩くべからず、との金言を知らないに違いない、と判断した。

「危ない！　彼女の生命は、今や危機に曝《さら》されている。そうだ、いうなれば風前の灯《ともしび》なのである！」

三原君は、到底、これを黙視できない、と思った。しかも相手がシワクチャ婆さんならともかく、あんなにも美しい娘ではないか！

三原君は、なかば夢中で、滝のように降る雨の中を飛び出していった。

「危ない！　危険だ！」

そう叫んで、いきなり娘のパラソルをもぎとろうとした。

「何をすんのよう！」

娘は、一瞬、ギョッとなったが、直ちに、パラソルに手をかけた三原君を、つきのけようとした。

「カ、雷。パ、パラソル。そ、それ危ない。」

三原君は、とてもゆっくり喋《しゃべ》っていられないのである。声も上ずっていた。しかし、それは当然のことで、もし、ここへ雷がパラソルを目がけて落ちてきたら、それこそ、二人は雷心中ということになってしまう恐れが多分にある。

「何んの寝言をいってんのよう。そこを放して頂戴！」

「バ、バカな。ぼ、僕は、き、君のためと思って――。」

三原君がそこまでいいかけたとき、今までのうちでもいちばん大きく凄いのが、ピカッ、グヮラッグヮラッと、すぐ頭の上で轟きわたった。

「キャッ。」

「わッ。」

二人は同時に叫んで、あとはどうしたか夢中であった。

それから一分、あるいは三十秒ほど経って気がつくと、三原君と娘は、さっきの軒下に、しっかりだき合っていたのである。

3

「あら。」娘は、顔をあかくした。

「やッ、これは。」三原君は、てれた。

二人は、はなればなれになった。

「恐かったですねえ。」

「ええ。」

娘は、うなずいてみせたが、何んとなく、ツンとしている。しかし、三原君には、そのツンとしたところが、何んともいえぬくらいに好もしく感じられた。こんな娘を、しっかりいだいてやったのだ、と思うと、まるで夢みたいである。幸福感に、胸がゾクゾクしてくるばかりでなく、これなら、もういっぺん、凄い雷が鳴ってくれても悪くない、と気のいいことさえ考えた。しかし、気がついてみると、雨はいつの間にか小降りになり、雷も遠くへ去っていた。

「あら、あたしのパラソルがないわ。」

三原君も探したが、やはり、パラソルは影も形もなくなっている。川の水はいよいよ濁流となって、岸から今にも溢れんばかりになっている。それを見ると、三原君は、思わず、

「しまった！」と、叫んでしまった。

娘は、怪訝《けげん》らしい瞳を三原君に向けてきた。

「きっと、あの瞬間、僕が夢中になって、パラソルをその川の中に捨てたのに違いない。」

「まア。」

「実は――。」

三原君は自分のコウモリ傘も、やっぱり、川の中に投げ込んでしまったのだ、だから、これでアイコであると説明した。

「まア、あきれるわ。何も、傘を二本も川の中に捨てなくてもいいのに。」

「しかし。」

「ううん。あなたのコウモリ傘なんか、どうでもいいのよ。でも、あたしのは困るわ。ねえどうしてくれるつもりよ。責任を感じて頂きたいわ。」と、娘は、詰めよるように

いった。

三原君にもいい分があった。しかし、娘の美しさを見ていると、自分のいい分を頑固に主張するよりも、これをチャンスに近づきになり、あわよくば、末は恋人同士になった方が遥かに得だ、という味な気分になってきた。

「よろしい、僕も一個の男子です。」と、三原君は、胸をぐっとそらせながらいった。

「あら、そうかしら？」と、娘は、ちょっと疑わしそうに、

「一個の男子が、あんなに雷が恐ろしいもんなの？」

「いや、雷は別です。誰にでも、苦手《にがて》はあるもんですからね。ところで、僕は一個の男子として責任感の極めて旺盛なるしるしに、あなたにパラソルを買って差し上げます。」

「まア、ほんま？」

「勿論です。」

「あら、ほッほッほ。でも何んだか、悪いような気もするけど、あたし、やっぱり買って頂くことにするわ。」

「光栄です。しかし、一週間ほど待って下さい。」

「一週間も？」

「一週間目に、僕といっしょにパラソルを買いにいきましょう。」

そういいながら、三原君は、明日から一週間、パラソル購入資金獲得のために、残業

をする決心をしていた。いやその次の一週間は、自分のコウモリ傘のために残業をしなければならない。勿論、三原君は明日にでもパラソルを買うだけの金を持っているのだが、すべての臨時支出は、臨時収入たる残業手当によることを、かねてのモットウにしていたのである。

娘は、しばらく三原君の顔を眺めていたが、そのうちにニッコリして、

「いいわ、じゃア、嘘でない証拠にあなたのお名刺を一枚頂戴。」

三原君が名刺を出してやると、

「新大阪産業なの？　そんなら、山吹桃子ってひと、いるでしょう？」

「知ってるんですか？」

「あたしの学校時代のお友達よ。あたしは、村上明子《あきこ》よ。」

「村上明子……。」と、三原君は、口の中でいってみる。

「じゃア、あなたのことなら、桃子さんに聞けば、たいていわかるわね。」

やがて、明子さんは来週の再会を約束して、いつか雨のやみ上ったぬかるみの道を、ぴょんぴょんと飛ぶようにして走っていった。それを見送りながら、三原君が、唸るようにいった。

「いい娘だ、とても素晴らしい娘だ。その名は村上明子……。」

4

「と、いうわけだからね。」と、その翌日、三原君はニコニコしながら、昨日の出来ごとを大伍君に話している。

「君から桃子女史に、もし、明子さんから僕のことについて照会があったら、せいぜい、ほめるようにいっといてくれよ。」

「よしよし。」と、大伍君は、気前よく引受けて、

「要するに、恋人としては、我が社随一の男だ、と答えればいいんだろう?」

「日本一?」と、大伍君は、三原君の顔をしみじみ眺めてから、

「いやいや、君なら、世界一でどうだろう?」

「結構だね。まったく、その通りに違いないからね。そして、ついでに明子さんのことも聞いてくれ。」

「それも、よしよしだ。」

「さア、僕は、今夜から、彼女のパラソル代のために一週間の連続残業だ。忙がしいぞ。」

そういって、三原君は、のんびりと自分の席の方に戻っていった。

それから仕事もしないで、うっとりした顔で窓の外を眺めているのは、明子さんの面影を描いているのかもわからない。

しばらくたって、部屋の外へ出ていった桃子さんが戻ってきた。

「ねえ、頼みがあるんだ。」と、大伍君がいった。

「頼み？」と、桃子さんは、大伍君をやさしく睨んで、

「また、借金の申し込みなんでしょう？　ダメよ。」

「チェッ。」と、大伍君は、くさった。

「大伍さんも、そんなにあたしから借金ばかりしないで、三原さんのように、ちっとは残業手当でもかせいだらどうなの？」

「僕は、ごめんだよ。ところで、頼み、というのは、その三原君のことなんだ。」

「あら、三原さんが、あたしを好きだとでもいったの？　そんなら、あたし、おことわりしてよ。だってあたし、あんな風な残業をする男、大嫌いだわ。」

「その大嫌いな残業を、いま、僕にしろ、といったじゃアないか。」

「そうだったかしら、ふッふッふ。きっと、大伍さんなんか、大嫌いになりたいからかも知れないわ。」

桃子さんは、ちょっと、顔をあからめてから、

「ところで、三原さんの頼みって、何んなの？」

「君の学校時代の友達に、村上明子ってひとがいたかい？」

「ええ、いたわ。今は、桜橋の扶桑《ふそう》産業に勤めているひとよ。」

「どんな娘だい？」

「そうね。一言に要約すれば、相当チャッカリ娘よ。」

「すると、君みたいにかい？」

「失礼ね。あたしなんか、とても純情な方よ。」

「そうかなア。」

「そうにきまってるわよ。もし、信じないんなら、今後、絶対に借金の申し込みに応じなくってよ。」

「それは大変だ。では、信じるよ。」

「嬉しいわ。あたし、これで今夜は、ぐっすり安眠できるわ。」

「ところで、その村上明子さんと三原君が、恋人同士になったり、将来、夫婦になったりするとしたら、どうだろうか？」

「そんなら、とてもお似合いよ。ピッタリだわ。ねえ、そんな形勢にでもあるっていうの？」と、桃子さんの瞳が、いきいきとしてくる。

「うん、実は――。」と大伍君は経緯《いきさつ》を話して、

「だから、もし、明子さんから君に三原君のことを聞いてきたら、世界一の恋人になる

可能性がある、と返事をしてほしいんだ。」

「世界一？ あほらしい。」

桃子さんは、あきれた。恋人として世界一の男は、決して、三原君のような男ではない。実は、すぐ目の前に、そんなような男がいるのだが、この男は、ちょっとボンクラで、一向に恋人らしい風情をしめさないのである。

そのとき、卓上電話のベルが鳴った。桃子さんは腕をのばして、送受話器を取り上げたが、急に弾《はず》んだ声になり、

「あら、明子さん？ いま、あなたの噂をしていたところなのよ。」

桃子さんは、大伍君の方を見て、ニヤリとした。三原君の方をついでに見ると、これはいまの桃子さんの声が聞えたのか、あっと緊張した面持で、タノム、とばかりに両手を合わした。

「ええ聞いたわ、何もかも。三原さんて、どんなひとかって？ そりゃア素晴らしいひとよ。そうねえ、あなたの恋人にするなら、きっと、世界一かも知れない、とあたしは思うわ。モチ、安心して交際していいわ。そうよ。ふッふッふ。」

そこで、電話は切られた。

三原君は、わざわざ立ってきて、

「有難う、山吹さん。」と、感激のあまり握手を求めた。

「握手なら、大伍さんとして頂戴。」と、桃子さんは相手にならない。

「では、桜井君。君と握手をしよう。」

「うん。」と、大伍君は、厭厭《いやいや》ながら仕方なしに手を出した。

5

一週間たった。

三原君は予定のパラソル代を残業手当によって完全に稼ぐことが出来た。尤も、実際に手当が貰えるのは月給日であるが、それまで手許の金を立替えておくのであった。三原君は、何を買うのにも、万事、この手固い方針をとり、いまだ残業をせぬうちから、その手当をアテにして、先に買うようなことは絶対にしないのである。

「おい、彼女は、全く、素晴らしいよ。」

三原君は、明子さんとパラソルを買いに心斎橋筋を歩いた翌日、大伍君に報告している。

「ふーん。」

大伍君は、たいして、興味がなかった。しかし、三原君は、ひとり浮き浮きして、

「僕は彼女と、恋人同士になる約束をしたんだ。まったく、彼女は世界一の恋人だ。」

「そりゃア、結構だね。」

「うん。僕にとっては、結構すぎて泣きたくなるくらいだ。」

「泣くのは君の勝手だが、なるべくなら、別室へいって、一人でさめざめと泣いてほしいもんだね。」

「いや、それほどでもないんだ。」

ところが、それから一カ月ほどたって、三原君は、妙に浮かぬ顔をしはじめた。めったに、残業もしなくなった。

「どうかしたのかい？　ミスター残業。」と、大伍君が聞いた。

「うん、それがちょっと困ってるんだ。」

「じゃア、彼女に嫌われはじめたのかい？　そんなら早くあきらめるんだな。」

「こら、失礼なことをいうな。嫌われるどころか、まるで、その反対なんだ。」

そこで事情を聞いてみると、こうであったのである。

三原君は、オールウェーブのラジオを買うために、かねて、半年計画の週に三回の残業を決心していた。ところが、その上更に、明子さんとのランデヴウの費用を稼《かせ》ぎ出さねばならぬことになったのである。一週間に一度のランデヴウをするためにも、やはり三日間の残業手当が必要である。そうなると、彼女と遊ぶ時間がなくなってくるのであった。しかも、近頃の明子さんは、いよいよ三原君に熱烈の情を寄せ、毎日でも会いたいとの無理難題をいうのである。毎日会っていたら、残業は出来なくなる。したがって、ランデヴウの費用は捻出《ねんしゅつ》できなくなるのであった。

「それで、僕は、毎日、悩んでるんだよ。ランデヴウをすれば、残業が出来ないし、残業をすれば、ランデヴウが出来ない。まさに、かの平重盛の如く深刻な心境なんだ。しかも、僕は、やっぱり、オールウェーブもほしいんだ。ああ、いったい、僕は、どうすればいいのだ！」

しかし、大伍君は、バカらしくなって、勝手にしろ、とこそ思え、そんな三原君の悩みなんかに、すこしも同情しなかった。

すると、横から、桃子さんがいったのである。

「三原さんて、案外、頭のはたらきがニブイのね。」

「何故だい？」

「だって、サラリーマンには、日曜日、というもんがあるのよ。」

「うん、それも考えたんだが、彼女は、やっぱり、毎日でも会いたい、というのでねえ。」

「何よ、その顔。もっと、きりっとしなさい。ねえ、いいことを教えてあげようか？」

「いいことって？」

「三原さんは、そのうちに、どうせ、明子さんと結婚するんでしょう？」

「勿論！」

「そんなら、いまのうちから、うんと残業をして、世帯道具を買い込んでおいた方が得よ。明子さんだって、相当なチャッカリだから、そういったら、きっと、それもそうね
え、と思うわ。ひょっとしたら、せっかくの残業癖を、恋愛中に直してしまったら、結
婚したとき、どうせお金がたくさんいるんだし、もういっぺん残業癖を復活させようと
したって、すっかり怠け癖がついてしまって、ダメかも知れないわ。だから、やっぱり、
今の残業癖を続けさせておいた方が得だわ、と思うかも知れないわよ。」
「女って、そんなものかい?」
「そうよ。そのかわり、三原さんが残業している夜は、明子さんに電話をかけて貰った
らよくってよ。どうせ、三原さんの残業なんて、ヒマでしょう?　だから電話のランデ
ヴウをしたら、とても素敵じゃない?」
「うん、そいつは素敵かも知れない。僕は、今夜、彼女に話してみるよ。」と、三原君
は、大賛成をした。
　そして、その翌日、
「昨日、明子さんにいったら、桃子さんがいった通りのことを彼女が答えたよ。今夜か
ら、彼女は、僕のところへ電話してくれることになった。僕はこれで安心して、毎日で
も残業が出来る。」と、三原君は、満足げに報告した。
　その夜、三原君は、ガランとした事務室に一人残っていた。

明子さんは、六時半に電話をかけてくれる約束であった。その十分ぐらい前から、三原君は時計と睨めっこをして仕事が手につかなかった。

六時半。電話のベルが鳴る。

「モシモシ。」

「直治さん？」

「はい、僕ですよ、明子さん。」

「あたしね、いま、八百屋さんのお電話を借りてんのよ。直治さん、一人？」

「ええ、一人です。」

「淋しくないの？」

「淋しいけど、明子さんの声を聞いたら、元気になりました。」

「ねえ、慰問に、何か唄を歌ってあげましょうか？」

「どうぞ、どうぞ。」

「じゃア、今日は木曜日だから……。

　淋しい水曜　夢見る木曜

　そっと怖《こわ》ごわ　のぞいた胸に

　何時か開いた　恋の花

乙女ごころに

やがて来る来る　日曜日」

「うまい、うまい。しかも、とても意味深長だ。」

「八百屋の小父さんが笑ってるわ。でも、明日は、金曜日の唄を歌って上げるわね。そのかわり、しっかり、残業をして、たくさん、世帯道具を買っておいてね。」

「いいですとも。日曜日には、僕のアパートへきっと来て下さいよ。」

「あたし、日曜日が待ち遠しいわ。」

「僕も。」

「あたし、お洗濯をしてあげるわ。」

電話は切れた。三原君は、ポウッと上気している。しかし、かの七枚のパンツの洗濯だけは、当分の間、自分でした方がいいかも知れぬ、と思っていた。尤も、明子さんが、どうしても、洗濯してあげる、といったら別だが……。

かくて、土曜日となった。

三原君は、今日も、残業をするのだ、といっている。課長の佐々木さんは、三原君が残業中に電話のランデヴウをしていると聞いて、これはなんぼなんでも、ちょっと度が過ぎるようだから、そのうちに、いっぺん注意してやった方がいいかも知れぬ、と思っていた。

それはともかく。

大伍君が桃子さんに話しかけている。

「明日は日曜日だね。」

「そうよ、明日は日曜日。」

「三原君のところへ、彼女がくる日だね。」

「そうよ。」

「君は、明日は、やっぱり、洗濯か?」

「ううん。」と、桃子さんは、頭を横に振った。

「明日は、あたし、お見合いよ。」

「えッ?」

「あたしだって、お見合いぐらいするわよ。」

「ほう。そいつは、凄い。」と、大伍君は、ニヤッとした。

すると、桃子さんは、腹が立ってたまらんような口調でいった。

「大伍さんのバカ。」

第五話　手頃な恋人

1

サラリーマンにとって、日曜日ほど嬉しく楽しいものはない。第一、朝のラッシュアワーの満員電車にぎゅうぎゅうすし詰めにされる必要がない。第二に課長から（課長にとっては重役から）仕事のことでガミガミ叱られる必要がない。第三に――、要するに、日曜日というものは際限がないほどいいものだ。この日曜日があるために、世のサラリーマン諸君が、ほかの六日間を、何んとか歯を食いしばって神妙に勤めに出るのだ、といってもよろしいくらいである。

しかし、同じサラリーマンでも、独身で、恋人がない、となると、せっかくの日曜日が、却って、実にやり切れんくらいに退屈至極なものとなる。まして、朝から雨でも降っていたら、洗濯も出来ないし、本もすぐに読み飽いて、あとは畳の上に寝ころがっているより仕方がない。一時間に、十ペンぐらいずつアクビをしたところで、やっぱり退屈は退屈である。いよいよ、ますます、我慢が出来ぬほど退屈になるばかりである。

会計課の矢代《やしろ》丈吉君は、アパートの一室で、目下、哀れにも、そんな状態にあった。しかも彼は二十七歳で、多少、優形《やさがた》な男ではあるが、その身内には、青春の血が溢れるように流れている。もう、じいっとしていられないほどの気持である。せめて、パチンコにでもいったらよさそうなものだが、朝からのジャンジャン降りは、昼過ぎになっても、一向に勢が衰えないで、とても、パチンコに行けるような降りかたではないのである。

人間も退屈になると、正気の沙汰でないようなことを考えるものである。矢代君もそれを考えた。そして、実行した。即ち、彼は六畳の部屋の端から端まで、畳の上に横になったまま、丸太ン棒のようにゴロゴロところがりはじめたのである。

ある時は、ゆっくりゆっくり転がっていった。ある時は眼の玉がまわるようなスピードで転がった。そのために、壁にどしんとぶっつかることもあった。

「こら、隣の独身者、うるさいぞ。ちっとは静かにしろ。」と、隣室から、壁越しに抗議を申し込まれたほどである。

しかし、退屈な時というものは仕方のないもので、矢代君は三十分も丸太ン棒の真似をすると、それにもすっかり飽いてしまった。矢代君は起き上って、アグラをかいた。

そして、無意識のうちに、こう叫んだ。

「ああ、恋人がほしいなア。」

その自分の声に、矢代君は、まるで夢から醒めたように愕然《がくぜん》とした。

「ああ、そうであったのか！」と、矢代君は、こんどは明らかに正気の人間らしい声を出した。

不用意に、そして、無意識に叫んだ、ああ、恋人がほしいなア、という言葉が、その時の矢代君には神さまのお告げのように感じられた。彼は、せっかくの日曜日がかくまで退屈な原因は、自分に恋人がないからである、と理解した。この理解のしかたに不満はなかった。

（退屈な日曜日は解消させねばならぬ）

（然り）

（そのためには、大至急、手頃な恋人を探さねばならぬ）

（イエス。大いに然り）

矢代君は、即刻、決心を固めた。そうなると、あとは実行あるのみである。矢代君は、頭の中で、知っている限りの娘たちの顔を明滅させてみた。

そして、結論としては、総務課の山吹桃子さんがいちばん手頃ではないか、と思った。

2

ところで、話は約一カ月ぐらい前にさかのぼらねばならない。

山吹桃子さんは、第四話の終りの方にもちょっと触れておいたように、見合いをしたのである。その見合いをした翌日、桜井大伍君が桃子さんに、

「昨日はどうだったい？」と、ニヤニヤしながら聞いた。

「とても、素敵だったわ。」と、桃子さんは待ってましたとばかりに、美しい頰を紅潮させながら答えた。

「ふーむ。」と、大伍君は、ちょっと、アテがはずれたように唸った。

「あら、どうしたの？」

「何んでもない。」

「大伍さん、ヘンよ。」

「ヘンじゃないよ、極めて、冷静だ。」

「そうかしら？」

「そうにきまっている。君は、今日はまたバカにしつっこいんだね。」と、大伍君はキメつけるようにいったが、今日の桃子さんは、それくらいで、ビクともしない。いよいよ、楽しくてならんようである。嬉しくて、じいっとしていられぬようである。

（さては、昨日のどこの馬の骨かわからん見合いの相手が気にいったんだな）

と、大伍君は、ヒガんでいた。こうなったら、大伍君としては、一心不乱に仕事に熱

中するのほかはない。何か、胸の底から、じいんと熱くなってくる。そして、一心不乱のはずのそろばんの方は、間違ってばかりいた。

「ねえ。」と、桃子さんが顔を寄せてきた。いい匂いが、プーンと大伍君の鼻先に漂《ただよ》うてくる。

「うるさいね。僕は、いま、仕事に熱中しているんだよ。面倒くさいよ。しかし、何んだい？」

「昨日のお見合いはね、宝塚の坂東さんの別荘でしたのよ。」

「そんなこと、君の勝手ではないか。」

「とても、お庭が素敵なのよ。」

「フン。」

「それから、家だって、とても素敵なのよ。」

「どうせ、ブルジョワ趣味なんだろう。」

「ううん、いい趣味よ。あたし、すっかり、感心したわ。」

「どうぞ、ご随意に。」

「それから、お料理だって、やっぱり、とても素敵だったわ。」

「………」

「あたし、みんなから、とても素敵だわ、とほめられたわ。要するに、とても素敵ばかりだったのよ。」

「それから。」と、大伍君が、もうムカムカして我慢がならないようにいった。

「見合いの相手も、どうせ、とても素敵だったんだろう？　そういいたいんだろう？」

「ふッふッふ。」

「ちぇッ、あんまり胸クソの悪くなるような笑いかたをしないで貰いたい。ここは神聖な事務室なんだぞ。」

「ところが、お見合いの相手だけが、とてもダメだったのよ。」

「ほんとうかい？」

「ほんとうよ。」

「そ、それで、どうしたんだ？」

大伍君は、思わず、どもってしまった。自分ながら、ちょっと醜態だ、とは感じたのだが、この際、どうにもならなかった。

「仕方がないじゃアないの？」

「じゃア、あきらめて、きたのかい？」

「きめたわ。」

「バ、バカな。」

「あら、どうして？　あたし、こう見えても、とてもダメな男と結婚なんかしないわ。」

「じゃア、イエスでなしに、はっきり、ノーといったのかい？」

「勿論、ノーといったわ。」と、桃子さんは、ケロリとしていった。

（わッ）と、大伍君は、心の中で叫んだ。それから、そろばんを放り出して、眼を閉じた。危うく虎口を脱し得たような気持である。しかし、肉体的にはすっかり冷汗をかいていた。そんな大伍君を、桃子さんはニコニコしながら眺めていた。大変満足であった。次に、大伍君が何んといってくれるか、と心待ちにしているのである。しかし、大伍君は、いつまでたっても黙って、瞑想《めいそう》に耽《ふけ》っていた。

大伍君は、そのとき、桃子さんの手を握って、

（おい、お茶でも飲みにいこう。勿論、僕がおごってもいいぜ）

と、いいたかったのである。いいたくて、ムズムズしていた。しかし、それをいわなかったのは、懐中僅か八十円であったせいもあるが、危機はすでに去った、となると、さきほどからの自分の態度が、あまりにも男性の権威を失っていたようにいまいましく、ここらで失権を回復しておかないことには、あとあとまでも、甚大に影響するかもわからぬ、と流石《さすが》は男らしい熟慮遠謀をたくらんでいたのである。

桃子さんは、たまりかねていった。

「ねえ、あたし、はっきり、ノーといって来たのよ。」

「あッ、そう。」と、大伍君は、落ちつき払っている。

「まア、たった、それだけ。」

「それだけだね、いや、実は、僕も、近日中に――。」と、大伍君は眼を開いて、桃子さんを眺めた。

「あら、何よ。」

「そのう、見合いをするかも知れないんだ。」

桃子さんは、顔色を変えて口許を噛んだ。それっきり、プッとふくれて、横を向いてしまった。大伍君が横眼で見ていると、一所懸命にそろばんをはじいているが、どうやら、間違ってばかりいるようである。

(さっきの俺とそっくりだわい)

大伍君は、やっと、会心の笑みを洩らし、急に、桃子さんがいじらしくなってきた。

さて、その後の桃子さんの態度を見ていると、大伍君に対して、急に、よそよそしく冷たくなったり、かと思うと、これではいかぬ、と反省するように、やっぱり親切であったり、いろいろであった。そして、毎土曜日になると、

「ねえ、明日の日曜日に、お見合いをするんでしょう?」と、先まわりをして聞く。

しかし、大伍君は、そのつど、気を持たせるように、

「いや、要するに、目下考慮中だね。」と、悠悠としている。

そんな大伍君を見ていると、桃子さんは、

（憎らしいわ）と、思うのであった。

そんな風にして、一カ月が過ぎたのである。

3

矢代丈吉君は、桃子さんこそ、自分にとって、最も手頃な恋人であるときめてから、その打ち明けの方法に苦慮していた。彼は、いまだかつて、女性をかき口説いた経験がないから、どんな風にしたらいいのか、流石に困惑していた。しかも、彼は、次の日曜日までには、何んとしてでも、桃子さんと恋人の契約を結びたい、と考えているのであった。月曜日から土曜日までは何んとか我慢が出来るのだが、あの日曜日の退屈さだけは、どうにもやり切れない。また丸太ン棒の真似をして、部屋中をゴロゴロ転がりまわらねばならぬのか、と思うと、情なくなってくる。やっぱり、今週中に恋人を獲得したいものである。理想は、こんどの土曜日までに契約を成立させ、日曜日には、いっしょに映画を見に行くか、さもなくば、自分のアパートへ来て貰う。もし、彼女が、早速、世話女房的な素質を発揮して、一週間分の洗濯をしてくれたり、部屋の掃除をしてくれたりしたら、それこそ申し分のない一石二鳥なのである。矢代君は、そんな虫のいい理想に燃えていた。

ところが、絶好のチャンスが、土曜日にやって来たのである。その日、重役の山根さんが芦屋の自宅を開放して、社内のダンス愛好者のために、ダンスパーティを開いてくれたのであった。山根さんは、自分でもダンスが好きなので、毎年、春と秋に、自宅でパーティを開いてくれる。若い男女職員にとって、この日がたのしみのひとつになっていたことは、いうまでもない。矢代君の仄聞《そくぶん》するところによると、このパーティの日がきっかけとなって、新たに恋愛関係を結んだ連中が相当にある、ということである。勿論、桃子さんも行くに違いない。

矢代君は、よーし、と決心し、しめたぞと思った。

当日、山根邸に集まったのは、三十人ぐらいであった。

大伍君は、ダンスの方は、ほんの歩く程度であったが、桃子さんにせがまれて来ていた。しかし、めったに踊らないで、その日に出るビールを飲んで、あとは陶然《とうぜん》と眺めているだけである。しかし、桃子さんは、それでも大伍君が来てくれないよりましだ、と思うのであった。

山根邸から眺める六甲山は綺麗であった。秋晴れの空にくっきりと描き出されている。パーティは、三時半頃からはじめられる。大応接間の絨毯《じゅうたん》やテーブル類がのぞかれて、七、八組ぐらいなら、結構、踊れた。山根さんは、美しい奥さんと、楽しげに古風なステップを踏んでいる。山根さんの長男の道夫君も顔を出していた。道夫君は、やっぱり会社員で、独身であった。山根さんが、最近、道夫君のお嫁さんを探している、という噂が飛んでいた。更に、そのお嫁さんは、新大阪産業の女事務員の中から選ばれるかも知れない、という噂が飛んでいた。山根さんが、こんな風に自宅を開放してダンスパーティを開くのは、その準備工作であって、道夫君に、首実検をさせるためだ、という噂が飛んでいた。そして、そう信じている女事務員の中には、今日こそ玉の輿《こし》に乗れるキッカケとなるかも知れない、と大張切りで出かけていく娘もあるそうであった。

矢代君は、さっき、大伍君といっしょに一杯だけ飲んだビールで、ちょっと、浮いたような気分になっていた。そのとき、大伍君に聞いたのである。

「君は、山吹桃子さんと机を並べているから、彼女のことなら相当に知っていると思うが、僕は、今夜、彼女を思い切って口説いてみるつもりだが、どうだろう？」

「ほう。」と、大伍君は、吃驚《びっくり》した。ドキン、としたような顔付である。

「僕は、目下手頃な恋人がほしくてならないのだが、彼女なら、ちょうど、頃合いだと思うんだよ。」

「なるほど。」

「賛成してくれるかい？」

「僕は単に君の成功を祈るだけのことにしよう。」

「ありがとう、君は話せるよ。」

「いやいや、どういたしまして、だな。」

大伍君は、頭を下げた。矢代君は、満足そうであった。

その矢代君は、いま、十数人の女事務員たちを眺めている。すべて平服で、といってあるのだが、たいていの女たちは、よそ行きの洋服を着ている。

（しかし、何んといっても、桃子さんがナンバーワンだ）

と、矢代君は、もう、桃子さんが自分の恋人と決定してしまったかの錯覚《さっかく》に、満ち足りた思いに酔っていた。

桃子さんは、さっき、いっぺん、大伍君と踊ったのだが、あとはビールの前から頑として動かぬのであきらめ、道夫君と踊っているのである。

（こりゃアいかん）

矢代君は、狼狽した。うっかりしていたら、あの道夫君に、先に口説かれてしまう恐れがある。重役の息子と平社員とでは、どうにも勝負にならないかも知れない。

4

矢代君は、勇気を出さねばならぬ、と思った。だから、桃子さんが道夫君からはなれると、大急ぎで飛び出していった。

「お願いします。山吹さん。」

「はい。」

桃子さんは、さっきから踊り続けているので、ここらで、大伍君のそばへいって、あんまり飲み過ぎて醜態《しゅうたい》を見せないようにして頂戴、と注意してやりたい、と思っていたのだが、矢代君のしんけんな顔を見ると、厭《いや》とはいえなかった。ニッコリ笑顔をみせた。

二人は踊っていった。はじめの曲では、矢代君は、流石《さすが》に緊張が激しく、どうにも告白が出来なかった。それで、もう一曲と、組んだ腕をはなさないで、続けて踊った。

「山吹さん。」

矢代君の声は、咽喉の奥に、ひっかかったようになっている。そこで、彼は、ゴクンと生《なま》ツバを飲み込んだ。

「何？」

「僕、思いきって、男らしく単刀直入にいいます。」

「あら、どうぞ。」

「僕は、この間から、手頃な恋人がほしくてならないのです。」

「それで？」と、桃子さんは、急に、面白くなってきた、という顔である。

「さっき、桜井君にも相談したんです。」

「大伍さんに？」

「すると、桜井君は、成功を祈る、といってくれました。実際、桜井という男は、話のわかる男です。」

「そうよ。」

「で、いかがでしょうか？　折りいって、お願いします。」

「何を？」

「恋人になってくれませんか？」

「誰が？」

「勿論、あなたがです。」

「誰の？」

「勿論、僕のです。」

「矢代さん、あなた、本気？」

「勿論、しんけんです。」

桃子さんは、とたんに、吹き出したくなった。しかし、矢代君の大真面目な顔を見ると、とても笑えるものでない。それより、成功を祈る、といった大伍君に腹が立った。あとでうんと仇討ちをしてやらねば、という気がしてくる。

「お願いします。いいでしょう。」と、いいながら、矢代君の踊りがヘンに情熱的になってきた。

そこで桃子さんは、はっきり、いった。

「ダメよ。」

「どうしてですか。」

「だって、矢代さんのほしいのは、手頃な恋人でしょう?」

「そうです。」

「あたしなんか、ちっとも、手頃じゃなくってよ。」

「いや、僕は、あなたなら、絶対に手頃だ、と思います。喜んで、我慢します。」

「まア、失礼ね。あたしなんか手頃じゃアなくって、理想の恋人の方よ。」

「僕は、それでも結構ですよ。」

「あたし、厭《いや》よ。おことわりよ。」

「ああ。」と、矢代君は、絶望的に唸って、とたんに、ステップを間違えた。

「痛ッ。」

「ごめんなさい。」

「しっかりしてよ。」

「僕は、もう、ダメです。失恋の傷手に堪え兼ねています。」

「ねえ、いいことがあってよ。」

「何んでしょうか?」

「あなたに、ちょうど手頃な恋人があってよ。ほら、あそこに。」

「えッ?」

「いま、山根さんの息子さんと踊っている立花安子さんよ。」

「あのひとが？」

「ええ、さっき、あたしに、安子さんが、矢代さんのことをほめてらっしたわ。とても、男性的で、素晴らしいわねえ、と溜息《ためいき》まじりによ。」

「おお。」と、矢代君は、また唸って、また、ステップを間違った。しかし、こんどは桃子さんも、そんな予感がしていたので、さっと、靴先を引いた。

「矢代さん、しっかりして頂戴ね。」

「いや、放っといて下さい。それよりほんとうに、立花安子さんが、僕を男性的で素晴らしいわねえ、と溜息まじりにいったんですか？」

「そうよ。だから、あたし、安子さんこそ、矢代さんにいちばん手頃な恋人だ、と思うんですけど。」

「そうですとも！」

「思いになる？」

「思います。絶対に思います。」

「ああ、よかった。あたし、たすかったわ。」

「僕は、あなたに感謝します。」

「あら、いいのよ。」

そこで、三曲目が終った。そうなると、現金なもので、矢代君は、さっさと桃子さんからはなれていった。

桃子さんは、ホッとして、大伍君の方へ行った。いきなり、大伍君の手からコップを取り上げて、

「もう、ビール、おやめなさい。」と、叱りつけるようにいった。

大伍君は、いちだんと陶然《とうぜん》としている。

「口説かれたろう。」

「大伍さん、成功を祈る、といったんでしょう?」

「うん、いったよ。」

「あたし、もう、ビールを飲ましてあげないわ。」

「そいつは殺生《せっしょう》だよ。で、どうなったの、結果は?」

「立花安子さんの方へまわしてあげたわ。」

「それじゃア、配給物みたいじゃアないか。」

「そうよ。」

そこで、二人は、矢代君の方を見ると、安子さんと踊りながら、どうやら熱心に口説いている真ッ最中のようである。安子さんは、ぼうとしている。道夫君が、そんな二人のようすを気がかりらしく見ていた。

あとで、安子さんが、桃子さんの方へ駆け寄って来て、

「桃ちゃん、ありがと。恩にきるわ。」と、両手をしっかり握った。

5

その翌日の日曜日は、矢代君もついに退屈をしないですんだ。何故なら、彼は、安子さんと午前十一時に阪急梅田駅で待ち合わし、それから西宮へプロ野球を見にいったのである。更に、そのあとで、心斎橋筋を歩き、千日前《せんにちまえ》でまむしの夕食を食べた。しかも、次の日曜日には安子さんが、矢代君のアパートへ訪問することを約束してくれたのである。こうなると、矢代君は、次の日曜日が待ち遠しくてならなかった。


ところが、当日になると、安子さんがいきなりいったのである。

「ねえ、あたし、とても困ったわ。」

「何が？」と、矢代君は、心配そうに聞いた。

「こないだのダンスパーティの日に、あたし、見染められたらしいのよ。」

「僕にだろう？」

「それがもう一人あるのよ。それが相手が悪いのよ。困るわ。」

安子さんは、しきりに困る困る、といっているが、その顔つきを見ると、満更でもないようである。

「ねえ、吃驚《びっくり》しないでね。あたし、山根道夫さんに見染められたの。」

「うーむ。」と、矢代君が唸った。

（たしかに、相手が悪い、いや、悪過ぎるぞ）

「ねえ、やっぱり、吃驚した？」

「した！」

「そりゃア、当り前のことだわね。」

と、安子さんは、何んだか、ひとごとのようにいっている。

（ああ、重役のバカ息子め、どうせ、誰かを見染めるのなら、何んで、山吹桃子の方を見染めなかったのだ）

と、矢代君は、切歯扼腕《やくわん》の思いであった。

昨日の土曜日、安子さんは課長の佐々木さんに呼ばれて、

「僕はさっき、山根取締役から、令息が、君こそ理想の花嫁、ということに決心された、と聞かされたよ。」

「あたしなんか。ほッほッほ。」

とたんに、安子さんの頭の中に、未来の重役夫人たる自分の姿が浮かんできて、ぼうっと顔をあからめてしまった。

「いやいや。こうなったら、君は、ちっとも謙遜《けんそん》する必要はないのである。」

「そうですかしら？」

「当り前だよ。それについて、山根取締役が僕に、君の意中をたしかめてほしい、といわれた。そこで僕は、勿論、問題ないでしょうが、まア、念のために、聞いてみましょう、と返事して来たのである。どうだろう、勿論問題なんか、全然、ないであろうね。」

そのときになって、安子さんは、やっと、矢代君のことを思い出した。しかも、たったいっぺんだが、接吻もしたのである。

（ああ、この話がもう一週間早かったら）

と、安子さんは、残念に思った。

しかし、たったいっぺんであっても、接吻の前と後では、安子さんの矢代君に対する気持がまるで違って来ている。

「僕としても、自分の部下から、山根取締役の令息夫人が出ることは、非常な光栄と思っているんだ。だから、ぜひうんといって貰いたいのである。」

佐々木さんは、いよいよ、積極的であった。しかし、安子さんは、即答を避けた。両親とも相談してみてから、ということで、数日間待って貰うことにしたのである。もし、両親と相談したら、二つ返事で、ＯＫ、となるかも知れない。しかし、安子さんにとって、いちばん大事な相談相手は、矢代君であった。矢代君に相談してから、両親に打ち明けるのが順序であろう、と思った……。

矢代君は口許を嚙みしめるように壁を睨んでいた。

「ねえ、あたし、どうしたらいいかしら？」

「…………」

「ねえ、よう。」

矢代君は、腹立たしげにいった。

「君は、重役のバカ息子と結婚したいんだろう？」

「ううん、そんなことないわ。」

「では、ことわったらいいじゃないか！」

「でも、ことわって、あなたと結婚したら、あなたが山根さんから憎まれないかしら？きっと、そうだ、とあたし、思うわ。」

「何？」

「ひょっとしたら、馘《くび》になるかも知れないわね。」

「馘？」

矢代君は、ギョッとなった。

（そうだ、息子の恋のかなわぬ怨みから、馘にされる恐れは十分にある。馘にならなくても、永遠に出世が出来ないことだけは間違いない）

「そうよ。それじゃア、あなたが可哀そうじゃないの。ねえ、馘になってもいい？」

「いや、誠には、なるべくなりたくない。」

「そうでしょう? あたしも、そう思うわ。そのかわり、あたしが、山根令夫人になることが出来たら、逆に、出世が出来る、と思うの。だって、あたし、あなたのことを、うんとほめてあげるわ。ねえ、どっちがいいの?」と、安子さんが詰めよるようにいった。

矢代君は、生れてから、これほどの難問題に直面したことがないような気がした。

(恋人か、職業か、未来は重役か、万年平社員か)

矢代君は、大きなジレンマに落ち入っていた。恋人も職業も両方失いたくないのである。

「ねえ、君は、どっちなんだい?」

「あたしは、勿論、あなたよ。でも、あなたしだいで、どっちでもいいわ。」

「僕も、勿論、君だ。しかし、君の決心にまかせることにしよう。」

「あら、そんなのズルいわ。」

「君だって、ちょっとズルいぞ。」

「そんなことないわ。あたし、とても純情な方よ。だって、あたしは、あなたを出世させてあげたいために、この身を犠牲にして、山根さんとこへ涙ながらにお嫁にいってもいいくらいに思っているのよ。」

と、安子さんは、まるで金色夜叉のお宮さんみたいなことをいった。

6

その翌日、矢代君は、一晩でゲッソリ痩せたような顔で出勤した。

昨夜、二人の間に、はっきりした結論が出たのではなかった。しかし、結局、二人の恋はすくなくとも、サラリーマン同士の恋は、重役の威圧の前には、何んの抵抗も出来ないものである、ということを暗黙のうちに了解しあったようなものであった。

その証拠に、二人は別れしなに、第二回目の熱い接吻を交《かわ》し、

「あたし、あなたの幸福を祈っているわ。」

「身体に気をつけてね。」と、いいあったのである。

そして、安子さんは、いそいそと帰っていった。矢代君は、そのうしろ姿が、見えなくなるまで見送っていた。

昨夜、矢代君は、本当に号泣したのである。たった一週間の恋ではあるが、自分が、どんなに深く愛していたか、安子さんを失ってみて、はじめて、それを知った。そして、更に、堪え難い思いをするのは、日曜日の退屈さであった。こんどこそ、きっと、死ぬほど、退屈するに違いない。

矢代君は、今夜にもヤケ酒をのみたいと思った。しかし、ヤケ酒も一人では、あんま

り淋しいから、誰か、適当な相手がほしいものである。それで、思いついたのは、大伍君のことであった。

(あの男なら話がわかるし、こんどの恋愛に、全然、無関係ではなかったはずだ)

矢代君は、昼食の時、食堂で、大伍君に悶悶《もんもん》の情を打ち明け、

「だから、今夜は、割カンで僕のヤケ酒をつきあってほしいんだ。」

大伍君は、あきれたように聞いていたが、

「君は、思ったよりも腰ぬけだぞ。」

「そうだろうか?」と、矢代君が、弱弱しくいった。実は、心の奥深くで、そんな気がしていたのである。それが辛《つら》かった。

「そうだとも。重役ぐらい何んだ。職業が何んだ。恋こそ、すべてではないか。よし、僕にまかせとけ、義を見てせざるは勇なきなり、悪いようにはしないぞ。」

「馘にならないだろうな。それから出世の妨げになっても困るんだ。」

「心配するな。そんな、ヘマをするような桜井大伍氏ではあらへん。」

「よし、では、たのんだ。まかしたぞ、桜井大伍氏。」

「うん、よろしい。」と、大伍君は、鷹揚《おうよう》にいった。

大伍君は、事務室に戻った。矢代君には、大言壮語はしたものの、何んの成算があるわけではなかった。こうなると、やっぱり、桃子さんに話して、何分の知恵を借りるよ

り仕方がないのである。いまいましい気もするが、いつものことで、馴れっこになってもいるのだ。

そのとき、事務室の入口から、桃子さんと安子さんが、いっしょに入って来た。桃子さんは慰めるように、安子さんの肩を叩いてやっている。さては、安子さんも、桃子さんに何かを打ち明けたのかも知れない。それなら、なおさら好都合である。

大伍君は、隣の席へ腰をかけた桃子さんにいった。

「実は、矢代君にたのまれたんだけどね。」

すると、桃子さんが、腹立たしそうにいった。

「あたし、矢代さんてひと、案外な意気地なしだ、とわかったわ。」

「うん、同感だよ。しかし、安子さんも相当なチャッカリ屋だぜ。」

「ううん。そうでもないのよ。」

安子さんは、昨夜家に帰ってからよく考えて見ると、自分でも思いがけないくらい、矢代君を深く愛していたことがわかった。重役令息夫人になるより、平社員の矢代夫人になることの方が、その何倍か幸福な気がして来た。こうなると、怨めしいのは、昨夜、矢代君が断固として自分を引きとめてくれなかったことであった。それで、これまた、その悶悶《もんもん》の情を桃子さんに打ち明けたのである。

「いいわ。心配しないでね。」

「でも、馘になったり、出世の妨げにならないようにしてほしいのよ。でないと、あたし、せっかく、矢代さんと結婚しても、とたんに生活苦をなめるの、あんまり感心しないのよ。」

「大丈夫よ、そんなヘマはしないわ。」

「では、あたし、あらためて、あなたにおまかせしてよ。」

と、安子さんは、すっかり安心してしまったようである……。

「と、いうわけなのよ。」と、桃子さんが、大伍君にいった。

「どっちも、相当なもんだ。」

「で、大伍さん、どうするつもり？」

「僕は、万事、君にまかせる方針で、矢代君に引受けたんだ。よろしく、頼む。」

「まア。」と、桃子さんは、あきれてみせる。

（相変らずだわ、このひと。きっと、大伍さんて、あたしがいなくては、一人歩きができないんだわ）

しかし、こういう感慨は、悪くないのである。

「ねえ、こうなったら、仕方がないわ。虎穴に入って、虎児を得ましょうよ。」と、桃子さんが決心のほぞをしめした。

7

その翌翌日、大伍君と桃子さんは、会社の帰りに淀屋橋の近くにある喫茶店で、山根道夫君を待っていた。

道夫君の会社は、この近くにあった。大伍君から電話で、大変恐縮ですが、立花安子さんとの縁談の件で、ご足労をお願いしたい、と申し込み、二つ返事で了承を得たのである。

「大丈夫だろうな。」

「大丈夫よ。」と、二人が話しているところへ、道夫君がニコニコ顔で入ってきた。

「やア、お待たせしました。」

「どういたしまして。」

「ねえ、これを見て下さいよ。」と、道夫君は、いきなり、テーブルの上に青写真をひろげた。

「何んですか？」

「僕が安子さんと結婚したら、親爺にいって、建てて貰うつもりの家の設計図です。」

「ほう。」

「まア。」

「四〇坪です。ちょっと、せまいかも知れませんが、当分は、女中二人と夫婦の四人暮しですから、これで我慢できる、と思うんですよ。そのかわり、敷地は三〇〇坪にします。」

「ほう。」

「まア。」

大伍君と桃子さんは、もう一度、唸ってしまった。覗き込んでみると洋風の応接間があり、サンルームがあり、化粧室つきの風呂場があり、まことに至れり尽せりである。それを見ているうちに、桃子さんは、ふっと、

（いっそ、あたしがお嫁にいこうかしら）

と、思ったほどである。

道夫君は、すっかり、浮き浮きして、もう、安子さんと結婚できるものと信じ込んでしまっているようである。そうなると、大伍君は、いよいよ、いいにくい。まるで、出鼻をくじかれてしまったようである。桃子さんが、テーブルの下で、大伍君の靴先をついて、

（早く、おっしゃいよ）

と、しきりに眼顔で催促していた。大伍君は、そのつど空咳《からぜき》をして、どうにもいえないのであった。

（さア、早く！）と、桃子さんは、じれったそうである。こんどは、大伍君の靴先を、ぐっと上から踏みつけた。大伍君は、観念した。

「実は、山根さん。」

「何んですか？」

「失礼ですが、あなたに、失恋のご経験がありますか？」

道夫君は吃驚《びっくり》している。しかし、根が正直だから、

「ありますな。二回ほどです。」

「まア、よかったわ。」と、桃子さんが、思わず、いってしまった。

「えッ？」

「あら、ごめんなさい。」

大伍君は、度胸をきめた。

「山根さん。昔から二度あることは三度あるといいますね。」

「あんまり厭《いや》なことをいわないで下さい。」

「でも、あなたの方が、ほんの一日だけ、遅かったのです。」

「何が？」

「立花安子さんへの申し込みです。」

「ほんとうですか？」

「あたしが悪かったんですわ。」

「何んのことですか？」

「あの、こないだのダンスパーティの日に、あたし、安子さんと会計課の矢代さんを恋仲にしてしまったんですの。」

「そ、そんな無茶な。」

「ごめんなさい。」

「僕、困りますよ。」

「だから、我慢して、三回目の失恋をして下さいません？」

「厭ですよ。」

「でも、もう仕方がございませんのよ。」

「ダメですか？」

「尤も、矢代さんは、もし、そんなことをしたら、山根取締役の立腹にあって、馘になるかも知れない、と日夜、悩んでいますのよ。」

「そんなバカな。話は別です。」

「あたしもそう思いますわ。それから、安子さんも、ほんとうは山根さんの方が好きだったんだけど、一日だけ遅かった、と泣いてますのよ。」

「何んのことですか。」

「だって、二人は、いっぺんだか、二度だか、接吻してしまったんですって。」

「ああ、やっぱり。僕は、失恋だ。」と、道夫君は絶望的に頭をかかえた。

「みんな、あたしが悪いんですわ。何んといって、あたし、お話していいやら。」

そういって、桃子さんは、眼にハンケチをあてた。大伍君は横にいて、よく、こんな器用な真似ができるものだ、と吃驚した。やっぱり、女は油断がならぬ、と思った。

「もう、泣かないで下さいよ。」

「だって、あたし、やっぱり、悲しいんですもの。罪の自責に堪えかねますわ。」

「僕は、男らしく、安子さんをあきらめることにします。」

「でも、きっと、お父さんが、けしからんとお怒りになるでしょうね。あたし、それが、いちばん心配ですの。」

「そんなに心配になりますか？」

「ええ、とっても。」

「じゃア、僕から父に、自分の意志で、安子さんをあきらめたことにします。そうだ、安子さんなんか嫌いになった、といいます。それならいいでしょう？」

「まア、嬉しい。やっぱり、山根さんて、あたしの想像していた通りの、男らしいお方だったわ。ねえ大伍さん。」

「うん。男らしい。」大伍君は、ちょっと阿呆くさげに答えた。

道夫君は、男らしいところを見せるつもりか、テーブルの上の設計図をビリビリと破ってから、

「僕は、どこまでも、フェアプレーでいきます。」と、いった。

かくて、問題はあっけなく解決した。女性の涙の偉大なる勝利であった。尤も、道夫君がどの程度に父に説明したかわからないが、あとで佐々木課長に、

「こないだの話は、取消すよ。ただ、近頃の若い連中は、極めてアプレ的であるくせに、生活問題に対しては、極めて小心ヨクヨクであることがわかったよ。もうひとつ、重役というものに対する認識を欠いている。」と、苦笑しながら、山根重役が語ったそうである。

土曜日になった。

矢代君がわざわざ大伍君の席へ来て、

「明日の日曜日には、安子さんが僕のアパートへ来て、洗濯をしてくれることになったんだ。みんな、君と桃子さんのおかげだ。」

安子さんは、桃子さんに、

「あたし、こんな楽しい日曜日を迎えるの、生れてはじめてよ。恩にきるわ。」

感謝されたり、恩にきられたりした大伍君と桃子さんは、こんな対話をしている。

「大伍さんは、いつ、お見合いをするの？　明日？」

「いや、当分、延期だ。」

「大伍さんは、日曜日、楽しい？」

「いや、矢代君の影響を受けたせいか、何んとなく、退屈になってきた。」

「あたしもよ。」

「じゃア、お互だね。」

しかし、そのあとは、どちらも強情に、口を割らなかった。

第六話　看板娘との恋

1

新大阪産業株式会社のある御堂筋《みどうすじ》ビルディングの一階は、商店街になっていた。喫茶店、洋品店、化粧品店、食器店……そして、問題は、いちばんちいさい煙草店にあった。勿論、そこで買っても、ピースはやっぱり四十円だし、世界的レベルの月並なのであるから、何んの変哲《へんてつ》もないのだが、問題というのは、窓口にいる娘にあったのである。

彼女は、すでに三年も前から、御堂筋乙女、といわれているほどの美人であった。尤も三年の間に、すこしとうが立ってきたような感じもないではないが、しかし、まだまだ美しい。二十五歳、掛川《かけがわ》美智子さん。

美智子さんが窓口にいる限り、煙草はよく売れる。そのかわり、美智子さんのお父さんがいる時には売行きは半減する。美智子さんが窓口にいても、お父さんがそのうしろに控えていると、買いかけて、ふっとやめて行く現金な青年もすくなくないようだ。何故なら、お父さんは美智子さんのうしろで、客の一挙一動に眼を光らしているからである。客がうっかり美智子さんに何か話しかけると、

「え、何んですか?」と、半身を乗り出してくるし、客の言葉が、冗談めかした誘惑的なものであったら、

「この店は、煙草を売りますが、娘は売りませんのですぜ。」と、ピシャリというのである。

だから、御堂筋ビルディングの人人は、

「娘には申し分がないのだが、あんな親爺がついていてはなア。」と、残念がっていた。

「それにしても、娘の方も、今頃、だらしがない。あんな頑固親爺のいいなりになっていたらいつになっても、結婚なんか出来ないに違いない。」と、いう連中もあった。

このビルの中にひろがっている風説によると、美智子さんのお母さんは、二十年も前に病死し、以後、お父さんは再婚もせずに、男手で育ててきたのだそうである。いわば、お父さんにとって、美智子さんは何物にも代え難い掌中の珠玉であった。理屈の上では、もう結婚させねばならぬとわかっても、さてとなると、どこの馬の骨かわからぬ男に、美智子さんを渡す気にはなれないのである。そして、美智子さんの方も、そんなお父さんの気持がよくわかるのか、一向に浮いた噂が立たない。いつも、おとなしく、そして、ちょっと淋しげな憂いのきいた顔を、窓口に見せている。美智子さんは、自分に失恋し

た何人かの青年のあることを、知らないのかも知れない。

2

御堂筋ビルディングの玄関は、午後六時になると閉鎖される。したがって、一階の商店街もそれまで営業をする。美智子さんの煙草店も例外でなかった。

鎧戸が、ガラガラと降りた。

美智子さんは、帰り支度をはじめた。今日はお父さんが、三時頃から組合の集まりに出かけたので、一人で帰らねばならない。美智子さんといえども、お父さんが傍にいないと、やっぱり、のうのうとするのである。

すでに、肌寒いような晩秋であった。ビルの裏口から外へ出ると、もう暗い。御堂筋の銀杏《いちょう》の並木が、風にさらさらと音を立て、そして、くるくると落葉してくる。美智子さんのハンドバッグの中には、六千円ほどの今日の売上代金がいれられてあった。いつもなら、すぐ、淀屋橋から地下鉄に乗るのだが、今夜は、もうすこし、歩いてみたかった。何んとなしに、もの思いに耽《ふけ》りながら、晩秋の夜を、しみじみと歩いてみたい心境であった。

突然、美智子さんは、うしろから、誰かに突き飛ばされた。

「あッ。」と、よろめき、そのひょうしに、ハンドバッグをポロリと落してしまった。

すると、突き飛ばした男が、それを拾うと、サッと走りはじめた。

美智子さんは咄嗟《とっさ》には声が出なかった。おろおろするばかりである。それでも、その泥棒めのあとを追った。生憎《あいにく》と行手には人通りが絶えている。車道の方には、自動車がヘッドライトを煌煌《こうこう》と光らせながら、盛んに疾走しているのだが、こっちの事件には気がついてくれない。美智子さんは、やっと、

「泥棒ッ。」と、叫んだが、すでに、泥棒との距離は十メートルぐらいになっていた。もうすぐ、暗闇の中に吸いこまれていきそうである。美智子さんは、漸く、絶望的になってきた。

そのとき、美智子さんのうしろから、ダッダッダッと誰かが駈けてきて、さっと風のように追い抜き、更に短距離選手のようなスピードで疾走していった。勿論、美智子さんも夢中で走っているのだ。

短距離選手のように速い男は、見る見る泥棒に近づいていった。泥棒は、ハッと振り向いたが、こらッ、と怒鳴られ、思いがけぬ追跡者に、あッと狼狽《ろうばい》し、これは敵わぬ、と思ったのか、せっかくのハンドバッグを投げ返すと、

「返せばもともとだろう。もう、追ってくるな。」と、虫のいい捨科白《すてぜりふ》を残して、大急ぎで横丁へ曲っていった。

美智子さんが、やっと追いついたときには、もう泥棒の姿は見えず、短距離選手のよ

うに速い男が、ハンドバッグを持って立っていた。

「どうも、ありがとうございました。」

美智子さんは、肩で呼吸をしながら、お礼をいった。

「やア。でも、取返せてよかったですね。じゃア、お返しいたしますよ。」

「あら。」

「おや、どうかしましたか？」

「ひょっとしたら、あなたは、御堂筋ビルにお勤めではありません？」

「ええ、日に一度は、あなたのお店へ煙草を買いにいっています。」

「毎度、ありがとうございます。あら、あたし、こんなところで、変なことをいって、ごめんなさい。」

「いやいや。それよりも僕は、あなたに覚えていて頂いて、非常に光栄です。」

「それには理由がありますのよ。」

「どんな？」

「その頭――。あら、あたし、また、大変な失言をしてしまいましたわ。どうしましょう。」

「うーむ。」と、男は、悲しげに唸った。

何故なら、彼は、まだ二十八歳であるのに、若禿《わかは》げとでもいうのか、頭がつるつると禿げていたのである。いま、その禿げが、近くの電灯の光を、ピカピカとはね返している。

「すると、あなたは、かねがね、僕の禿げ頭を軽蔑していたんですか?」

「いいえ、まだ、お若いのに、本当にお気の毒だと……。」

「おお。」

「あら、どうかなさいまして?」

「僕は嬉しくなったんです。さア、握手をしましょう。」と、彼はぐっと、右手を差し出した。

美智子さんも、つられて、右手を出した。彼が、あんまり嬉しそうなので、嫌とはいえなかった。待っていたように、彼は、美智子さんの手をぐっと握った。美智子さんはカッとなった。煙草を渡すときに、客から指先を握られたことは何度もあるが、こういう大胆な握られかたは、生れてはじめてである。まるで、握られ心地が違う。

「僕は、新大阪産業株式会社の深山《ふかやま》新一です。どうか、これをご縁によろしく。」

「はい。あたくしこそ。」

美智子さんは、そうはいったが、お父さんのことを思うと、ふっと胸が暗くなった。

3

深山君はかねてから美智子さんが好きでならなかったのである。今夜も、わざわざ美智子さんの後をつけたのではないが、残業をして、ビルディングを出たところで、美智子さんのうしろ姿を見つけた。つい、ふらふらっと、後を歩いているうちに、その危機から救ってやることが出来たのであった。

翌日になると、深山君は早速、一階へ煙草を買いにいった。

「ピースをひとつ。」

「はい。」と美智子さんはいってから、深山君であることに気がつき、頬をあからめながら、ニッコリした。

「昨夜はどうも。」

「いやいや。」と、深山君は、いたって、鷹揚《おうよう》である。もう美智子さんの前では、自分の若禿げを気にしなくてもいいのだ、と思うと、気がラクであった。

「お父さん。」と、美智子さんはうしろを振り返った。

「何んだい？」

さっきから胡散《うさん》くさげに深山君を見ていたお父さんが答えた。

「ゆんべ、ハンドバッグを取返してくださった深山さんよ。」

「おお、それはそれは。」

しかし、お父さんは、ニコリともしなかった。窓口に出てきて、

「昨夜は、娘がお世話になりました由、重重お礼を申し上げます。」

「どういたしまして。」

「これがお礼であります。」

「何んですか？」

「六百五十七円です。即ち、泥棒にやられるはずであった六千五百七十円の一割です。」

「とんでもない。そんなものを貰う気は、毛頭もありませんよ。」

「いや、これだけは、どうあっても、とって貰いたいのです。さア、どうぞ。」と、お父さんは、六百五十七円を深山君の方へ押しつけてくる。

「困りますよ、そんなことをされては。」と、深山君は、六百五十七円を押し返した。

「一割で不足ですか？」

「不足どころか、いらない、といってるんですよ。」

横で、美智子さんは、困ったような顔をしている。

「あなたは、いったい、どうして、いらない、と仰言《おっしゃ》るんですか？」

「そんなら、あなたは、いらない、といっているのに、どうして無理にとれとおっしゃるんですか？」と、深山君も負けていなかった。

「それは、あなたに恩を着せられたくないからです。」

「誰が、恩に着せるといいましたか？」

「いや、恩に着せられる可能性があります。」

「着せなければいいんでしょう？」

「だからこそ、この六百五十七円を黙って取ってほしいのです。」

煙草を買いに来た客は、面白そうに、二人のやりとりを見ている。

「いりません。」

「あんた、強情にもほどがありますぞ。」

「いや、あなたこそ、強情ですよ。」

「そんならいいますが、私は、この六百五十七円のために、娘が、あなたに肩身のせまい思いをしては困るからです。この六百五十七円のかわりに、娘をとられては困るからです。」

「そんなバカな。」

「いや、私は、至極《しごく》冷静に、昨夜、娘から話を聞いてから、ずっと考えたのです。沈思黙考したのです。いうなれば、これぞ、海山の親ごころです。」

「お父さん！」と、横から、たまりかねて、美智子さんがいった。

「お前は黙っていなさい。さア、この金を取って下さい。そうなれば、もともと、何の恩もないことになりますぞ。」

「こうなったら、僕も意地です。僕は、絶対にその六百五十七円は貰いません。」

そういって、深山君は、窓口をはなれてしまった。

4

それから一時間ばかりたった。

深山君は会計課の部屋に戻ったが、何んとなく気持がムシャクシャしている。

（実際、頑固親爺だ！　煮ても焼いても食えぬとは、あんな親爺に違いない）

しかし、その煮ても焼いても食えぬ親爺が、あの美智子さんの父親なのだ、と思うと深山君は、悲しくなってくる。この世の中が味気《あじけ》なくなってくる。

（しかし、あの親爺も、案外炯眼《けいがん》だわい）

と、深山君は、敵ながら、天晴《あっぱ》れだ、とも思うのであった。何故なら、深山君は、ハンドバッグ事件をきっかけにして、だんだん美智子さんと接近して行き、やがては結婚、というところまで、昨夜は空想していたのである。それが一割の礼金を貰ってしまっては、すべての夢がブチコワシになる。あの親爺は、そこを狙ったのに違いない。

（こうなったら、意地からでも、あんな金は貰わないからな）と、深山君は、固く決心をした。

そこへ、総務課の桜井大伍君がやってきて、

「おい。今、僕が一階の煙草屋へ寄ったら、親爺が、これを君に渡してほしい、といっ

たから持って来てやったよ。」と、封筒に入ったものを、深山君の机の上においた。

例の、金六百五十七円在中のものである。

「バ、バカな。」と、深山君は、思わず、怒鳴りつけて、序でに、大伍君をグッと睨みつけた。

「その、バ、バカな、って、僕のことかい?」と、流石《さすが》に、大伍君も、深山君の権幕に、ちょっと、おどろいた。

「当り前だよ。」

「しかし、僕は頼まれたから、持って来ただけなんだぜ。怒鳴られようとは、思いもよらんことだ。」

「うん、そうだったなア。いや、僕が悪かった。」

深山君も、やっと冷静になった。

そこで、この封筒の中の金六百五十七円也は、実は、かくかくしかじかの因縁がついているのである、と説明した。

「なる程、そうか。道理であの親爺め、珍らしく僕の顔を見て、ニコニコしながら頼む、と思ったよ。」

「しかし、僕がその金を取りたくない理由も、君にはわかるだろう?」

「わかるよ。」

「僕は、どうせ、貰うんなら、彼女、即ち、御堂筋乙女の方を貰うよ。」と、深山君は、胸を張って、昂然といった。

「それは君の勝手だ。しかし一個の男子としてなら、まさにそうあるべきだろうなア。」

「ありがとう。君は話せる男だ。」

「すると、この金六百五十七円は、どうすればいいんだい？」

「返して来てくれよ。」

「やれやれ。何んてヘマな使いをしたんだろう。まア、やむを得ない。」

「頼む。」

大伍君は、六百五十七円の入っている封筒を持って、自分の席へ戻った。その封筒を机の上にのせて、腕を組んで考え込んだ。どうも、のこのことこのまま返しにいったのでは、まるで子供の使いみたいである。これは桃子さんに頼むに限る、と思ったから、急にニコニコ顔になって、

「ねえ桃子さん。」

一所懸命に仕事をしていた桃子さんは、顔を上げていった。

「あら、何よ。急に猫撫声《ねこなでごえ》なんか出したりして、気味が悪いわよ。」

「実は、折りいってお願いがあるんだ。」

「また、お小遣に困ったの？」

「その方も五百円ほどお願いしたいんだけど、実は、もうひとつ、これは極めて簡単明《めい》瞭《りよう》なやつで。」

「はっきり、おっしゃいよ。」

「この封筒を、一階の煙草屋の親爺に返して来てほしいんだ。僕がいってもいいんだが、ちょっと、忙がしいんで。」

「嘘ッ、あたしの方が、余ッ程、忙がしいのよ、今日は。でも、行ってきてあげるわ。」

「すまん。」

「ただ、渡せばいいの？」

「折角、お預かりしたけど、深山君がどうしても受取らないから、お返しいたします、あしからず、とね。」

「深山さんて、会計課の？」

「うん、とにかく、大至急、たのむ。」

桃子さんは、もっと詳しいことを聞きたそうであったが、大伍君から大至急とせかされて、そのままエレベーターで一階へ降りていった。

ところが、それから十分もたたないうちに、桃子さんは、ブウブウといいながら、戻ってきた。

「あたし、ひどい目にあったわよ。」

「受取らなかったのかい？」

「そうなのよ。だから、これ、お返しするわ。」と、桃子さんは、封筒を大伍君の机の上にのせた。

桃子さんの説明によると、彼女は、煙草屋の窓口から、奥にいる親爺に向かって、

「小父さーん。これ、桜井さんから、折角だけど、深山さんがどうしても受取らないから、お返ししますって。」

そういって、封筒を窓口に置いて、立ち去ろうとした。

「あら。」

美智子さんは、困ったような顔で、モジモジしている。ところが、親爺は怒鳴った。

「美智子。受取るんじゃないぞ。」

しかし、桃子さんは、

「たしかに、お返ししたわよ。」と、その場を立ち去った。エレベーターの前に立っていると、煙草屋の親爺が走ってきて、

「ちょっと、姉ちゃん。これは絶対に受取るわけにはいかんから、持って帰って貰いたい。」と、威張った口調でいった。

「厭だわ、あたし。だって、せっかく頼まれて持ってきたんですもの。」

「しかし、私の方には、受取る義務はないんですからね。」

「義務か権利か知らないけど、そんなに受取るのが厭なら、小父さんから直接、深山さんにお渡しになったらどう？」

「さア、それが……。どうもあの深山とかいう男は、見かけの十倍ぐらい強情なんで、困るんだよ。」

「強情な点では、小父さんだって相当なものよ。専らの定評があってよ。」

「ねえ、姉ちゃん。」

「姉ちゃんなんて、あたし、厭よ。山吹桃子さん、といって頂戴。」

「山吹桃子さんか。うん、なかなかいい名だ。で、折りいって頼むんだけど、この封筒の中の金を受取ると、どうも、まずいことが起るんだ。だから、お願いだから、やっぱり返して貰いたい。あんたを、話のわかる女と見込んで、この通り頼むよ。」と、親爺は、下手《したて》に出た。

そうなると、事情はよく知らないが、これまた、否《いや》とはいえない性分の桃子さんである。それに、いつの間にか、二人の周囲に人だかりがしている。

「とにかく、一応、預かって帰るわ。」と、桃子さんは、早早に、折から降りて来たエレベーターに乗り込んだのであった。

「そうか。」と、大伍君は、またしても、腕を組んで、考え込んだ。結局の処、何もかも打ち明けて、桃子さんの知恵を借りるよりは仕方がないこと、いつもの通りである。

「まア、そんなお金であったの？」と、桃子さんは吃驚《びっくり》したが、それからニヤニヤ笑い出した。

「それじゃア、当分の間、大伍さん、預かっておきなさいよ。あたしが、証人になってあげるわ。」

「当分の間って、いつまで？」

「深山さんと美智子さんが円満結婚するまで。」

「二人が結婚できるかしら？」

「できるようにしてあげたらいいじゃないの。」と、桃子さんは、いともあっさりといったのである。

5

煙草屋の親爺が、毎週の金曜日には、きっと午後二時から帰っていくことに気がついたのは桃子さんであった。

「ねえ、深山さんにとって、金曜日こそ、チャンスじゃないかしら？」

「うん、早速、知らせてやろう。」と、大伍君は、わざわざ会計課の深山君に、それを知らせにいった。

「だから、君、チャンスだよ。」

「ありがとう、僕は、断じて、やるよ。」

「君はいったい、何を、断じて、やるつもりだ。」

「それは、放っといて貰いたい。要するに、その場の気分の問題だからな。」

「なるほど。」

大伍君は、わかったような、わからぬような顔で引き返した。

金曜日、夕方から雨が降ってきた。

深山君は幸いにも、会社にコウモリ傘を置いていた。それを持って、六時頃、ビルディングの裏口に待機していた。その頃になると、ビルディングの中の人人の殆んどが帰ったあとなので、あたりは淋しかった。

六時二十分頃に、美智子さんが出てきた。彼女は、傘を持っていないのである。雨空を見上げて怨めしそうに、途方に暮れている。その姿のいじらしさは、深山君に、何んともいえないくらいであった。

「美智子さん。」

「あら。」

「そこまで、お送りしますよ。」

「でも……。」と、美智子さんは、ためらっている。しかし、素速く周囲を見まわしてから、誰も見ていないと確かめると、さっと深山君の傘の中に入ってきた。

「すみません。」

「いや、僕は、光栄です。」

美智子さんは、洗面所でお化粧をし直してきたらしく、とてもいい匂いを、プンプンとさせている。

二人は、御堂筋の舗道を寄り添うて歩いていく。誰が見ても、幸福な恋人同士であった。ただし、こんな処を、頑固親爺が目撃したら、卒倒するかもわからない。

「こないだは、すみませんでした。」

「いや、いや。」

「父がとても強情なんで、お困りになったでしょうね。」

「何、美智子さんのお父さんなら、いくら強情でも、僕は、我慢しますよ。」

「すみません。」

「あの六百五十七円は、桜井大伍君が預かっています。」

「まア、そうでしたの！」

「だって、僕は、ただ、あなたのために、誠心誠意、生命を投げ捨てる意気込みでやったことですから、お金のお礼なんか、ほしくないのです。」

深山君は、なかなか、能弁である。しかも、彼は、意識してかしないでのことか、いつの間にか、美智子さんを中之島公園の方へ案内していた。美智子さんも、それに気がつかないように、すこしもさからわないでついてくる。

雨の中之島公園には人影が殆んどなかった。二人の間に、やがて、言葉が絶えた。しかし、どちらもうっとりとして歩いているようである。

突然に、深山君が、もう我慢ができなくなったような口調でいった。

「美智子さん。どうか、僕に接吻を許して下さい。」

「まア。」

美智子さんは、半ば予期し、半ば予期せざることを聞いたような声を出し、一、二歩、傘の外へ逃げた。深山君は、すぐ一、二歩追って、美智子さんに傘をさしかけて、

「厭ですか！」

美智子さんは、こんどは無言のままで、また、傘の外へ出る。深山君は、それを追って、傘をさしかける。

「お願いします。僕はあなたと結婚したいのです。念のために申しますが、僕の月給は、目下の処、一万円とちょっとです。」

美智子さんは、無言のまま、右へ右へと動いていく。勿論、深山君は、どこまでもそれに随行している。

「お願いします。」と、いっては、深山君は懇願するように頭を下げている。

「…………」

ふっと、気がつくと、美智子さんは、いちばん河岸の端に来てしまっている。あと一歩動いたら、河の中に落ち込まねばならぬ。まさに、絶体絶命の窮地に、追いやられているわけである。深山君は、最後の力をふりしぼるようにいった。

「どうか、僕に接吻をさせて下さい。お願いします。お願いします。」

そのとき、美智子さんは、かすかに、うなずいた。

思わず、深山君はいった。

「ああ、ありがとうございます！」

そして、コウモリ傘を投げ捨てると、大急ぎで、美智子さんに接吻をした。

雨はいつか小降りになっていた。

6

一カ月ばかり過ぎたある土曜日であった。

大伍君が出社すると、桃子さんが、待ちかねていたようにいった。

「ねえ、一階の煙草屋のお父さんが、さっきから大伍さんに会いたいといって、応接室に待っているわよ。」

「ほう、何んの用だろうな。」

「何か、とても憤《おこ》っているらしいわよ。いつか預かったお金のことじゃアないかしら？

猫ババをしたとでも思い込んで。」

「そうかも知れんな。」

「あれは、そのままあって？」

「勿論。」

「ああ、よかった。あたしはまた、大伍さんのことだから、うっかり使ってしまったんじゃないかと、心配していたのよ。もし、そうだったら困る、と思って、ここに六百五十七円を用意しておいたわ。」

「君は、やっぱり、いいところがある。まさに、世話女房型だ。しかし、僕もひとの金を勝手に使うような男でない点を認めてほしいな。」

「認めてあげるから、早くいってらっしゃい。勿論、お金を持ってよ。それから、猫ババをしたのではないという証人にならなら、あたしは、いつでもなってあげてよ。」

「うん、頼む。」

大伍君は煙草を吸う暇もなしに、煙草屋の親爺の待っている応接室へ出かけていった。

「やア、お早う。」と、大伍君がいった。

しかし、煙草屋の親爺は、ジロリと大伍君を睨んでから、

「今日は、あんたの重大責任を追及に来たのだから、覚悟をしてほしい。そもそも――。」

「あッ、ちょっと、待った。例の金なら、ここにそのままある。だって、親爺さんも受取らないし、深山君も受取らない。僕は、途方に暮れて、そのまま預かることにしたんだ。一種の不可抗力だからね。しかし、もう、お返しするよ。」

「もう、遅いわい!」と、親爺は怒鳴った。

そこで、親爺の説明を聞いてみると、こうであった。

親爺は、あの金は、結局、深山君に渡ったものと信じていたのである。即ち、そうなれば、もう深山君に何んの借りもない。だからすっかり安心し、警戒を怠っていたのであった。

ところが、近頃、金曜日になると、美智子さんの帰ってくるのが、その以前よりも一時間くらい遅い。美智子さんは、店のあと始末のためだというのだが、どうも信じ難い節がある。それで、昨日の金曜日には、ビルの前にかくれていた。すると、驚くべきことには、美智子さんは、深山君といっしょに出て来た。あとをつけてみると、二人は肩を並べて、暗い中之島公園の中に入っていった。

親爺は、なおも二人のあとからついて行くと、二人はいよいよ寄り添うて、暗い方へ暗い方へとばかり歩いていった。やがて、二人は立ちどまり、接吻をしはじめた。

それまで、我慢に我慢を重ねていた親爺は、もはや、黙っていられなくなった。

「この不義者め!」と、怒鳴って、二人の目の前に飛び出したのである。

二人は、ギョッとなって離れた。

「あッ。」

「まア、お父さん！」

親爺は、二人を睨みつけながら、

「美智子、このザマは、何んたることか。しかし、お前には、あとで意見することにする。それよりも、その男。」

「はい。」

「お前さんには、わしは娘をとられたくないからだ、とはっきりいって、忘れもしない、金六百五十七円を払ったではないか。それなのに、金も取り、娘も取るでは、あまりにも強欲過ぎるではないか。それでも、お前さんは人間であるか。」

「いや、僕はあの金は、桜井君に返しましたよ。」

「何？　しかし、わしは受取っとらんぞ。」

「そんなこと、僕は、知りません。しかし、僕は、美智子さんが好きなのです。大好きなのです。どうか、こうなったら二人の結婚を許してください。」

「大事な娘を、お前さんなんかと結婚させてなるものか。そうだ、ならん、ならん、絶対にならんのである。さア、美智子、早く、家に帰ろう。」

そういって、親爺は、すすり泣く美智子さんを、強引に連れ戻ったのであった。

「そもそも。」と、親爺は、あらためて大伍君にいった。

「こういうことになったのは、すべてあんたの責任である。あんたがあの金を猫ババにさえしていなければ、わしも油断しなかった。したがって、娘もあんな男に誘惑されずにすんだはずである。責任を取って貰いたいのである。」

「責任って？」

「第一に、この金を、あの男に渡すこと。第二に、二度とあの男を美智子に近づけぬこと。いいですか？」

「しかし、僕は深山君は、頭こそ禿《は》げているが、とてもいい青年だし、美智子さんと結婚させた方が、いちばんいいと思いますが。」

「とんでもない。とにかく、今いったふたつを、もし、あんたが責任を持って実行しないなら、わしは、あんたのことを、あんたの会社の重役にいうからね。怒鳴り込むからね。」

そういって、親爺は、応接室から出ていった。

大伍君は、ちょっと、阿呆くさい気分になって、自分の席に戻った。早速経緯《いきさつ》を桃子さんに話して、

「どうしたもんだろうね。」と、相談した。

「大伍さんの意見は？」

「あんな親爺を相手にしてはやり切れんから、ここは深山君に因果を含めて頼むより仕方があるまい。」

「ダメよ、そんな弱気では。」と、桃子さんが強気にいった。

「あたしは、寧《むし》ろこのチャンスを利用して、二人を結婚させた方がいいと思うわ。」

「何か、名案があるかい？」

「あたしにまかせて。」と、桃子さんは、自信たっぷりであった。

7

今日は、会社はお昼までである。昼食を食べ終ると、大伍君と桃子さんは、一階の煙草店へいった。

「親爺さん、けさの話ね。」と、大伍君は窓口から覗《のぞ》き込んだ。

「おお、どうした。」と、親爺が応じた。

美智子さんは、申しわけなさそうに、大伍君の方を見て、瞳で詫《わ》びている。

「深山君に承諾させました。」

美智子さんの顔色が変った。しかし親爺は、とたんに上機嫌になり、

「うん、それは出かした。あんたは、やっぱり、相当な人物だ。」

「しかし、僕としては、それだけでは気がすまないから、一端の責任のある桃子さんと

二人でここに二時間ばかり立っているよ。」

「何んで立つんだ。」

「お詫びのしるしだね。ここに、プラカードを用意して来た。これを持って立つことにした。即ち罪を天下に謝するつもりだよ。」

「プラカードだって？」

「うん、ちょっと、読んでみるからね。聞いていて貰いたい。——今から約一カ月前、当煙草店の看板娘美智子さんが御堂筋で強盗に襲われたとき、新大阪産業株式会社の深山新一君が、身を挺《てい》して、その危難から救いました。そして、当然の結果として、二人は熱烈な恋仲となったのであります。然るに、当煙草店主である美智子さんの父上は、どういう料簡からか、二人がすでに接吻を交しているほどの仲であるにもかかわらず、それを恋仲と認めることには絶対反対なのであります。実は、その前に、二人が恋仲にならぬようにするため、私たちに金一封（金六百五十七円也、即ち、強盗にとられるはずであった金額の一割）を深山君に贈呈するよう依頼されました。しかし、故あって、私たちはその金を深山君に渡すことは出来ず、ために深山君と美智子さんの仲は当然のことながら、ますます燃え上ってしまったのであります。もはや私たちでは勿論、神様でもこれを如何とも出来ないでしょう。しかし、当煙草店主の憤怒《ふんぬ》、不満たるや、恐ろしいくらいです。よって、ここに私たちは、当煙草店主の期待にそむいた罪の深さを感じ、ザンゲすることを誓います。なお、もっと詳細に知りたいお方は、どうか、ご遠慮なく御質問下さい。」

親爺の顔は、途中から、赤くなったり、青くなったりしていたが、ついにたまりかねて、

「こら、冗談も、いい加減にしろ。」

「冗談どころか、私たちは本気なのです。」

「そんなことをされたら、わしも娘も、世間の嗤《わら》い者になるではないか！」

「しかし、私たちだって、嗤い者になるかも知れません。それを我慢してやる決心なのです。」

「とにかく、そんなことはせんでもよろしい。」

「いや、します。断じて、します。」

「そうよ。こうでもしなきゃア、あたし小父さんに対して、気がすまないのよ。」

「とにかく、やめてくれ。いい恥さらしだ。」

「しかし、書いてあることに嘘はないのですからね。」

「おい、たのむから、やめてくれ。」

「厭《いや》ですよ。」

「たのむ。」

「厭です。」

「ああ、何んという奴らだ。」

「小父さん。」と、桃子さんが、急に、ニコニコしながらいった。

「何んだい？」

「ひとつだけ、妥協の方法があるのよ。それは小父さんが、二人の仲を許すことよ。そうなったら、あたしたちだって、罪を天下に詫びる必要がないんですもの。ねえ、いかが？」

「ああ、お前たちは、そんな魂胆《こんたん》であったのか？」

「そうよ、小父さん。」

親爺は、腕を組んで、考え込んだ。美智子さんは、ハラハラしている。やがて、親爺はいった。

「わしの負けだよ。」

美智子さんの顔が、パッと明るくなった。

「まア、小父さんは、やっぱり、立派だわ。」

「うるさいわい。」

「そんなことないわ。ねえ、小父さん。小父さんの言葉に嘘のない証拠をみせてほしいわ。」

「どうすればいいんだ。」

「それはね、幸い、明日は日曜日でしょう？」

「それがどうした。」

「美智子さんに深山さんと二人で、どこかへ遊びにいってもいいって許可を与えてあげてほしいのよ。」

「もし、いけないといったら？」

「プラカードを持って立つばかりよ。」

「ああ、どこまで奸知《かんち》にたけているのだ。仕方がない。許すよ。」

「まア、お父さん、ほんとう？」

美智子さんが、パッと頰をかがやかせながらいった。その顔を、じいっと見返しながら親爺はいった。

「そんなに、二人でいきたいのか？」

美智子さんは、コックリと頷《うなず》いた。

「そうか……。」

親爺は、溜息《ためいき》をついた。そして、やさしくいった。

「いっておいで。」

大伍君と桃子さんは、顔を見あわして、ニッコリした。

第七話　コロッケさんとキャベツ君

1

新大阪産業株式会社営業部の太田雪子さんのことを、社内では、ミス・コロッケとか、コロッケさん、と呼んでいる。なるほど、そういわれてから、しみじみ雪子さんの顔を打ち眺めると、実に、その感じが出ている。いい得て、妙を極めている。

「うまいこと、つけよったなア。」と、たいてい、感心する。

しかし、雪子さんにとっては、一向に面白くない。自分を見て、市場で売っている一個金五円也の安物のコロッケを連想されたのでは、心外のいたりである。尤も、そういわれてから、自分の顔を、こっそり鏡にうつしてみて、

（そういえば、ちょっと、似ているところもあるわねえ）

と、苦笑まじりに呟《つぶや》いたこともあった。

とはいえ、勿論、ミス・コロッケのニックネームは有難くない。どうかしたひょうし

に、ムカムカと腹が立ってくることもある。そこで雪子さんは、いったい、誰がいい出したのかと犯人を探しにかかった。厳重詰問《きつもん》の上、その取消しを要求する決心である。そんな凄まじい気であるところへ、

「コロッケさん。」と、呼ばれた。

顔をあげると、仲良しの総務課の山吹桃子さんであった。

「ちょっと、桃ちゃん。」と、雪子さんは、開き直った。

「あら、何？」

「桃ちゃんは、あたしのことを、誰からコロッケと聞いた？　ううん、いちばんはじめによ。」

「さア……。」と、桃子さんは、考え込む格好をした。

「思い出してよ。とにかく、半月ぐらい前から、みんながあたしのことをコロッケ、コロッケと気やすくいうようになったのよ。」

「でも、そんなこと、どうでもいいじゃないの。」

「よくないわよ。年頃の娘が、コロッケといわれては、あたし、縁談にだって差し障《さわ》りがあるような気がして、心配でならないわ。」

「そんなことって、やっぱり、あるかしら？」

「大いにあるわよ。だから、あんた、ここでじっくり考えて、思い出して頂戴。」

「困るわ。」

「何んにも困ることないじゃないの。さア！」と、雪子さんは、なかなか強硬である。

桃子さんは、これは運の悪い処へ来た、と思った。考えるまでもなく、雪子さんのことを、男子社員の間では、ミス・コロッケというのだよ、と囁《ささや》いてくれたのは、桜井大伍君であることを思い出していたのである。

「で、あんた、それを聞いて、どうするつもりなの？」

「順順に犯人を追及していってやるのよ。」

「そんなら、思い出したわ。」

「誰？」

「大伍さんよ。」

「桜井さんがいったの？」

「でも、大伍さんも、きっと、誰かから聞いたのだと、あたしは思うわ。そうよ、そうにきまっているわ。」

「とにかく、わたしは、桜井さんを詰問してみる。」

そういって、雪子さんは、もう椅子から立っている。

「仕事の話があるのよ。」

「仕事のことなんか、あとまわし。」

あきれている桃子さんを尻目《しりめ》に、雪子さんは、早速、行動を開始した。

雪子さんは、総務課の部屋へ入ると、まっすぐ、大伍君を目がけて進んでいった。

「ちょっと、桜井さん。」

大伍君が張本人かも知れない、という気持が雪子さんにあるので、しぜん睨《にら》みつけるような顔になった。しかし、大伍君はいたって鷹揚《おうよう》に、

「よう、コロッケさん、何んだい？」

とたんに、雪子さんがプッとふくれた。

「失礼ね。」

「何が？」

「だって、コロッケさんなんて。」

「あッ、そうか。しかし――。」

「桜井さんでしょう？　あたしに、そんな厭《いや》なアダ名をつけたのは。」

「いや。僕じゃないよ。でも、なかなか愛嬌があって、いいと思うよ。」

大伍君は、あらためて、雪子さんの顔を眺めて、

「そっくりだ。浅沼の奴、実にうまいことをいったもんだ。あいつ、こういうことにかけては、頭がいいよ。」と、感心している。

「何が頭がいいもんですか。そんなの悪知恵よ。じゃア、浅沼さんが、ミス・コロッケ

なんて、いい出したのね。」

「それがどうしたい？」

しかし、それには答えないで、雪子さんは、直ちに、風を巻き起して営業部へ引き返していった。犯人が自分と同じ営業部の、しかもすぐ向きあった前の席にいたとあっては、全く、灯台下《もと》暗しである。

桃子さんは、大伍君と雪子さんが話している途中から、総務課の部屋へ戻って来ていたのである。さっきの雪子さんとの経緯《いきさつ》を話してやると、流石《さすが》に大伍君も、しまった、という顔で、うっかり、喋《しゃべ》ってしまったなア、と後悔した。そのあとで、

「実は、浅沼の奴、ミス・コロッケが好きなんだよ。そうに違いないと、僕は睨んでいるんだ。それで、いつも特別な関心を持って、雪子さんの顔を見ているので、つい、ミス・コロッケなんてことを考えついたんだと、僕は思う。」

「まア、そうだったの？」

桃子さんは、羨《うらや》ましそうな顔をした。大伍君も、浅沼君のように、自分にアダ名を、たとえば、ミス・白バラとでもいうような素晴らしいアダ名をつけてくれたらいいのに、と思ったのである。

その頃、営業部に戻った雪子さんは、浅沼君をとっちめていた。

「だいたい、失礼よ、ミス・コロッケなんて、いかにも、安っぽい娘みたいで、あたし、

腹を立てているのよ。」

「しかし。」と、浅沼君はちょっと、狼狽しながら抗弁している。

「とても、似ている。僕は、前前から何かに似ている、という気がしていたんだ。ところが、この前、街を歩いていて、店先に売っているコロッケを見た、そのとたんに、あッ、これだ、と思ってしまったんだ。」

「まア、口惜しい。あたしの顔は、コロッケみたいに、ブツブツなんかないし、第一、こんなに色の白いコロッケなんか、あるもんですか！　世界中探したって、絶対にないわ。」

「でも、顔の輪郭《りんかく》が似ているんだ。ねえ、君、鏡でよくみてご覧よ。ほんとうだぜ。」

そのことなら雪子さんもすでに、自分で思い当っていることなので、ぐっと、つまってしまった。すると、いよいよ、癪《しゃく》に障《さわ》ってくる。浅沼君を睨みつけて、何か、痛烈な悪口をいってやりたくてならない。そのうちに、浅沼君の髪の毛に、視線がいった。パーマネントをかけているのではないが、波を打っている。その波の打ち加減が、たしかに、何かに似ているのだ。

「あッ、そうだわ。」と、雪子さんは、大声でいった。

「あたしが、かりにミス・コロッケなら、あんたなんか、ミスター・キャベツよ。」

黙って聞いていた一人が、

「うまい！」と、叫んだ。

周囲が、どっと笑った。

こうして、雪子さんにアダ名をつけたばかりに、以来、浅沼君は、社内で、ミスター・キャベツと呼ばれる羽目になってしまった。

2

そういうことがあってから半月ぐらいたったある日、会社の食堂で、お菜にコロッケが出た。勿論、細くきざんだキャベツが添えてある。会計課の石浜君が、

「おッ、ミス・コロッケとミスター・キャベツが、同じ皿に盛られてあるよ。」と、いったので、近くにいた連中が、なるほど、と面白がって笑った。

「こうなると、あの二人が結婚することが、いちばんお似合い、ということになるね。」

「そう、理想的な夫婦だよ。」

「何んとか、してやろうじゃないか。」

「賛成だね。」と、みんないい気な放言をしながら、ミス・コロッケと、ミスター・キャベツを、むしゃむしゃと食べている。

そこへ、コロッケさんが入ってきた。石浜君が、早速、

「ちょっと、ちょっと、ミス・コロッケ。」と、呼んだ。

「あら、何よ。」と、雪子さんは、仕方なしに近寄ってきた。

アダ名で呼ばれることには腹が立つが、近頃では、誰も彼もが平気でそう呼ぶので、一一口惜しがっていたのでは際限がないから、あきらめている。それに、自分だけでなしに、あれ以来、浅沼君もミスター・キャベツと呼ばれるようになったので、一応の溜《りゅう》飲《いん》は下げた気分になっていた。尤も、目下の処、二人は、毎日、睨み合うようにして仕事をしている。すくなくとも、雪子さんは、執念深くも、ミス・コロッケと呼ばれるたびに、呼んだ相手よりも、名づけ親の浅沼君を怨むことにしている。そんな怨みが日日に積み重なっていくのだから、近頃では、浅沼君が憎らしくてならないのである。

「実はね、ミス・コロッケ。」と、石浜君が、ニヤニヤしている。周囲は、面白そうに成行きをうかがっていた。

「そんなに、いっぺんいっぺん、ミス・コロッケとおっしゃらなくてもいいわよ。」

「まア、いいじゃアないか。ミス・コロッケ。」

「うるさいわね。よくないわよ。」

「ねえ、このお菜を見てごらん。」

雪子さんは、厭なものがお菜になっていると思った。尤も、コロッケもキャベツも、食べるのなら嫌いな方ではない。

「このお菜がどうしたというのよ。」

そこで、石浜君は、実は、かくかくしかじかだから、二人が結婚することは、まことに、お似合い、理想的、且つ宿命的、それのみならず、わが社の全社員に微笑《ほほえみ》を与え、満足させることになる——。

「だから、早速ながら、二人は、結婚して貰いたいのだよ。」

雪子さんは、忽ち眼尻を吊り上げた。

「あたしは、ミスター・キャベツなんか、大嫌いよ。」

「それは困る。」

「何をいってんのよ。とにかく、あたしは、あんな人とは絶対に結婚しませんわ。」

「どうしても、ダメかい？」

「ダメよ。」

「それは残念。」

すると、別の男が、

「おい、こんどは、ミスター・キャベツが入ってきたよ。」

見ると、浅沼君が大伍君と、何か話しながら、こっちへやってくる。

「そうだ、こうなったら、ミスター・キャベツの意見も聞いてみなくては不公平になる。」

石浜君は、いよいよ、調子に乗って、

「おーい。ミスター・キャベツよ。」と、呼んだ。

「何んだい？」と、浅沼君は、近寄って来たが、雪子さんが、プッとふくれ面《つら》をしているのを見ると、何かあるな、と緊張した。

「実は、こういうことなんだ。」と、石浜君は、いままでの経緯《いきさつ》を説明して、

「だから、せめて君たちなりと、結婚してくれて、毎日、上役からいじめられて憂鬱な顔で仕事をしているわが社の全社員に、微笑と満足感を与えてくれよ。僕は、哀れなオール社員を代表して、君に懇願するよ。」と、わざわざ椅子から立って、頭を下げた。

ふざけた男が二、三人、これまた立って、石浜君にならった。

雪子さんは、睨みつけるように、浅沼君の横顔を見ている。

浅沼君は断固としていった。

「勿論、僕は、おことわりだ。」

とたんに、雪子さんは、ほッとしたような、そのくせ、何んとなく期待はずれしたような顔をした。

「ダメかい？」

「ダメだ。」

「これほど、お願い申しても。」

「くどいではないか。」

と、浅沼君は、颯爽《さっそう》といい切って、チラッと雪子さんの方を見た。それから、何んとなしに、キャベツのような波を打っている頭髪を右の手で撫ぜあげた。

「そうか、やっぱり、そうか。」と、石浜君は、心底《しんそこ》から残念そうに、

「では、仕方がない。あきらめる。いいか、そのかわりにだぞ、君たち二人がここで、かくもはっきり結婚の意志のないことを表明して、吾ら哀れな社員どもを絶望させたのであるから、今後、君たち二人の心境の変化を一切認めんから、覚悟していたまえ。」

と、妙なインネンをつけだした。

するとさっきから黙って聞いていた大伍君までが、ニヤッとして、

「うん、賛成だね。かりに、今後、二人が恋仲となり、結婚するといいだしても、われわれは絶対反対、を宣言する。それでも、なお且つ、結婚する、といいだしたら、結婚式には誰も列席しないし、勿論、お祝なんか、ビタ一文と雖も出さない、ということにしたいもんだね。」

「うん、賛成。」

「満場一致の決議だ！」

みんなこんな決議は、嬉しくてたまらんし、楽しくてたまらん、という顔ばかりである。その中に、雪子さんと浅沼君だけは、不安そうな表情で、顔を見合わせ、あわてて、そっぽを向いた。

あとで、大伍君は、桃子さんにやり込められた。

「大伍さんはキャベツさんの心の中を知っているくせに、どうして、あんな意地わるなことをいったのよ。」

桃子さんは、食堂の隅で、みんな聞いていたのである。

「何、あれでいいんだよ。」と、大伍君は、自信満満である。

「どうして？」

「実は、逆効果を狙ったんだよ。あんな風にいっておけば、二人の心が、近寄ってはならぬ、といわれると、よけいに近寄りたくなるように、却って、寄り添うていくに違いない。」

「おどろいた。あたしは、大伍さんにそんな熟慮遠謀型の思いやりがあるとは、今まで夢にも想像しなかったわ。」

「いや、何。まア、一人前の男という者は、だいたい、そうしたもんなんだな。」と、大伍君は、ちょっと、威張ってみせた。

桃子さんは、それほどの男なら、どうして、あたしのこの気持がのみこめないのよ、といいたかったが、それは思いとまった。何故なら、桃子さんは将来の夫婦喧嘩の時に、

（だって、あなたが頼む、とおっしゃったからお嫁に来てあげたんじゃアないの！）

と、いいたいばっかりに、先ず、大伍君に愛恋の情を告白させてやらねばならぬ、と

かねて決心しているのである。いうなれば、桃子さんもまた、熟慮遠謀型の女性であったのだ。

3

ところが、それから十日ほどたって、ミス・コロッケとミスター・キャベツの気持が寄り添うどころか、却って、反対になる事件が起ってしまったのである。

その日の退社時刻の直前に、浅沼君が、ひどく興奮した面持で、大伍君の席へやって来ていった。

「安心してくれ給え。僕は、ミス・コロッケと喧嘩をして泣かしてやったからね。絶対、あんな女と結婚する意志のない、何よりの証拠だ。やい、ザマあ見ろ。」

大伍君が、おどろいて事情を聞いてみると、こうであった。

あの日以来、雪子さんは、事ごとに浅沼君に反撥《はんぱつ》するような態度を見せていた。しかし、浅沼君は黙って我慢を重ねて来たのである。すると、さっき、雪子さんは、数枚の伝票を、ポンと浅沼君の机の上に投げてよこした。女のくせに、失礼な態度だと、浅沼君は、ムッとした。しかし、まだ、自重していた。ところが、伝票をよく見ると、記帳方法が間違っている。勿論、雪子さんが作成した伝票である。いつもの浅沼君なら黙って訂正してやるか、見逃してやるかするのだが、今日は、もはや、そんな思いやりのある気持は、毛頭もない。

伝票と雪子さんの顔を、半半に見ながら、

「困るよ、こんな伝票。ミス・コロッケ。」と、ちょっと、大声でいった。

「あら、何が困るのよ、ミスター・キャベツ。」と、雪子さんも、負けずに、やり返した。

課内の人人が、いっせいに、二人の方を見た。

「君は会社に入って、いったい、何年になるんだ。」

「二年目よ。正確には、一年八カ月と十八日よ。それが、どうしたというの？」

「一年八カ月と十八日も勤めていて、いまだに、こんな伝票の書き方をするなんて、まるで低能だ。」

「まア、失礼な。いったい、どこがいけないとおっしゃるの？」

「ここだ、ここがいけないんだ。」と、浅沼君は、その間違いを指摘して、

「そもそも、伝票というものは、いちばん、記帳のしやすいように書くものだ。ところが、君の伝票たるやだ、五枚とも、支払先が先になっていたり、件名が先になったり、そうかと思うと、科目の内訳がぬけていたり、これでは支離《しり》滅裂である。精神の緊張と統一を欠いている証拠だ。要するに、なっとらんのである。」

そこまでいったとき、雪子さんは、わッと泣き出してしまった。浅沼君は、しまった、

という顔をしたが、今となっては、もう遅い。しかも、騎虎の勢いで、あとを続けてしまった。

「何も泣くことはない。泣くのは、昔から女の常套《じょうとう》手段であるが、しかし、いくら泣いても、こんな伝票はダメだ。ほかの者が迷惑するだけだ。書き直して貰いたい。」

そういって、浅沼君はその五枚の伝票を雪子さんの方へポンと投げ返した。みんなの前で恥をかかされた雪子さんは、もうたまらなくなってしまった。せっかくの伝票を、ヒステリックにビリビリッと破って、そのまま席を立ち、泣き顔のままで、部屋から駆け出していってしまった。勿論、課内の空気が何んとなく、しーんと白けている。そこで浅沼君も部屋に居辛《いづら》くなって、大伍君のところへやって来たのであった。

「やったのか！」と、大伍君は、唸りたくなった。そして、それなら、浅沼君がすくなからず興奮しているのも無理はない、と思った。

「やったよ！」と、浅沼君は答える。「だから、安心して貰いたい。」

「では、安心することにするよ。」と、大伍君は仕方なしにいった。

横から、桃子さんが、それごらんなさい、というように、大伍君の脇腹をつついた。

浅沼君がいった。

「ところで君は、今晩、何か用事があるのかい？」

「いや、別に……。」

「よし。では、今晩二人で痛飲しよう。僕は、飲みたいのだ。」

「まア、その気持は判るが。」

「そんなら、つきあい給え、しかし、割カンだぞ。」

そう念を押して、浅沼君は帰っていった。

「どうするつもりなのよ。大伍さんにも責任があってよ。」と、桃子さんがいった。

「とにかく、すまんが、千円ほど貸して貰いたい。」

「しかたがないわね。じゃア、借用証書を書いて頂戴。今月は、だいぶん成績がいいと思っていたのに、結局、同じね。」

「どうも、運が悪いよ、僕は。ちょっと、出しゃばる癖があって、いつも損をするんだね。」

大伍君は、憮然《ぶぜん》たる表情で、借用証書を書いている。

「じゃア、改心する？」

「いや、いや、持って生れた性分だし、僕は、一生このままでいくよ。」

「あきれた大伍さん。」

そうはいったが、そこがまた、大伍さんのいいところなのよ、と桃子さんは思いながら、机の引出しから千円を出した。

4

大伍君と浅沼君は、その夜、割カンで梅田界隈のおでん屋を飲みまわった。浅沼君にとっては、ヤケ酒であり、大伍君にとっては、付合い酒である。しかし、浅沼君の意気は軒高とするかと思うと、忽ち、失恋男のように悄然《しようぜん》となる。それに歩調をあわせねばならぬ大伍君は、うかうかと酒を飲んでいられぬ中途半端な気分である。

三軒目のおでん屋を出た浅沼君は、目下、三度目の意気軒高たる気分にある。

「とにかくだな、大伍。コロッケは要するにコロッケだ。ビフテキの方が、余ッ程、上等である。したがって、ミス・コロッケなんて、ビフテキ以下なのである。え、そうだろう？」

「うん、その通りだよ。」と、大伍君はさからわない方針である。

二人は、肩を組んでいる。ヨロヨロするのは、浅沼君の方であるが、一見、二人とも仲良くヨロヨロッとしているように見える。

「しかも、俺のいったことは、絶対に間違っとらん。職務に忠実なサラリーマンとして、当然な注意である。親切でいったのだ。それを泣くとは、いったい、何んということだ。」

「同感だよ。」

「当り前だ。然るに――。」

そこまでいった浅沼君は、突然に大伍君と組んでいた肩を解いて、すぐ前の電柱の陰に顔を突っ込み、ゲエッ、とやりはじめた。大伍君は、うしろから背中を撫ぜてやった。浅沼君は、何度もゲエッゲエッと吐いて、その何んともいえぬ臭気が大伍君の鼻を突き上げてくる。

「ありがとう。」と、浅沼君は、やっと立ち直り、肩で呼吸をしながら、

「俺は、いま、しみじみ、君の友情を感じたよ。」

「何、それほどでもない。」

「いや、それほどとはなんだ。それほどの友情があるくせに、君は、何んで俺とミス・コロッケの仲を、うまく取りもとうとはしないんだ。却って、仲を裂こうとしているではないか。実に、気の利かん奴だ。」

「え、それでは、やっぱり君は、今でも、ミス・コロッケに惚れてるのかい？」

「どうも、そうらしい。俺は、いまゲロを吐く合間合間に、しみじみ、ミス・コロッケが好きだなア、と思ったよ、大発見だ。しかるに、俺は、最愛の彼女に、人前で恥をかかし、泣かせてしまったんだ。ああ、何んたる失敗。俺は、悲しい。」

「泣くなよ。」

「これが泣かずにいられるものか。」

そういって、浅沼君は、道の真ン中で泣きはじめた。幸い、人通りがすくなく、暗いからよかったが、もし、そうでなかったら、人人は浅沼君を、ちょっとおかしくなったのでないか、と思ったかもわからない。

どうやら、浅沼君に三回目の悄然たる気分が襲って来たようである。大伍君は、黙ってそれを見ている。もう、泣くな、とはいわない。ともかく、ついに浅沼君が、雪子さんに対する愛情をここに自覚したのだから、今夜のヤケ酒は、極めて有意義であったことになる。そうなると、持ち前の世話好きな性分が、ムクムクと頭を持ち上げて来て、黙っていられない気分だ。前後の見境いもなく、よし、僕にまかせとけ、あとのことは心配するな、といいたくなってくる。そして、実際にそういおうかと思った。その時、

「何よ、そのザマは！」と、うしろの方で、女の声がした。

振り向くと、思いがけなくも、桃子さんと雪子さんが立っていた。

いま、叫んだのは、雪子さんに違いない。桃子さんの方は、大伍君の方を見ながら、ニヤッとし、ついでに、ウインクをした。雪子さんの方は、大伍君なんか、まるで眼中にないように、浅沼君を睨んでいる。

あとで、大伍君が桃子さんから聞いたところによると、大伍君と浅沼君が会社を出ていったあとで、雪子さんが眼を泣きはらしながら、桃子さんの席へやって来た。そして十回ぐらい、口惜しい、口惜しい、あんなキャベツ、と連発してから、二人もまた揃っ

て、会社を出た。二人は男のように、ヤケ酒が飲めないのは、男女同権的でないと不平をいったあとで映画を見にいき、更にそのあと、おしることみつ豆とコーヒーとケーキを食べた。勿論、割カンである。そのあと、桃子さんは、大伍君たちが恐らくこのあたりをウロウロしているに違いない、と見当をつけて、しかし、そのことは雪子さんに内証にして、歩いていたのである。すると、向こうの方で、洋服紳士が泣いている。近寄ってみると、大伍君と浅沼君であった。桃子さんが声をかける前に、雪子さんの方が、何よ、そのザマは、と叫んだのであった——。

二人は、ギョッとなった。そして、浅沼君がいった。

「やッ。ミス・コロッケ。」

それから、あわててハンケチで顔をふき、「しかし、俺は泣いてなんかいたんじゃアないぞ。」

「じゃア、どうしたのよ。」

「眼に大きなゴミが入ったんだ。」

「信じられないわ。」

「何を。信じ給え。」

「信じないわ。」

「コロッケめ。」

「キャベツ！」

そこまでいって、二人は、あとの言葉に窮《きゅう》して、単に、睨みあう格好になってしまった。大伍君も桃子さんも、ちょっと手のつけられない気分である。そのくせ、雪子さんと浅沼君の口喧嘩には、一向に殺伐《さつばつ》なものは感じられないのであった。

突然に、浅沼君が叫ぶようにいった。

「僕は、コロッケが好きなんだぞう。」

「あッ。」と、雪子さんは、不意を衝《つ》かれたように、にわかに、狼狽《ろうばい》した。

そのとき、浅沼君は、あわてて、口に手をあてた。いったん鎮まった吐き気が、興奮のために、また、盛り返してきたらしい。浅沼君は、しばらくは必死で我慢をしていたが、そのうちに恥も外聞もいっていられないほど苦しくなってきたらしい。もういっぺん、さっきの電柱の陰へ駆け寄っていった。そこで、ゲエッ、とやった。

大伍君は、しようのないキャベツだな、と苦笑しながら近寄っていきかけると、それまでためらっていた雪子さんが、さっと浅沼君のそばへ走り寄った。

「ねえ、苦しいの？　さア、遠慮せずに、吐きなさいよ。」

浅沼君は、喘《あえ》ぎながらいった。

「すまんよ、コロッケさん。」

「ううん、いいわよ、キャベツさん。」

大伍君は、あきれて見ている。その耳許に桃子さんが、唇を近寄せて、

「ねえ、もう、あたしたちの出る幕でないらしいわ。」

「らしい。」

「いまのうちに帰りましょう。」

二人は踵《くびす》を返した。うしろで、浅沼君はいちだんと大きくゲエッとやっている。二人は顔を見あわせて、足を速めた。

大伍君と桃子さんは、喫茶店で向かいあっている。

「吐き終ったら、また、喧嘩することはないだろうね。」

「あたし、もう、大丈夫だ、と思うわ。だって、コロッケさんだって、きっと、キャベツさんが好きだったんだ、とあたしは思う。それを知らずに、喧嘩ばかりしていたのよ。それにあんな大声で、好きだ、といわれたら、たいていの女は、ボウッとなってしまうわよ。」

「そういうものかなア。」

「そうよ。」

「そんなら、もう、安心だな。」

「そうよ。よかったわね。」

「こんどは、あんまり世話が焼けなくてよかったよ。」

と、大伍君は、安心の面持で、「しかし、コロッケさんもなかなかいいところがあるね。だって、あんな穢《きたな》いところを介抱してやるなんて、きっといい世話女房になるよ。」桃子さんは、黙っている。あたしだって、あれくらいのことは何んでもないわ、もし、大伍さんが酔って、ついでに好きだ、と怒鳴った時にならな、といいたかったのだが、そんな弱音を吐くのは、当分の間、延期の方針である。桃子さんが黙っているので、大伍君は、ちょっと物足らぬ顔だが、これまた、そのあと何もいわなかった。

5

翌日は、土曜日であった。

大伍君と桃子さんが、お昼に、食堂へいってみると、お菜はコロッケとキャベツであった。しかも驚くべきことに、雪子さんと浅沼君は、仲良く並んで食べている。二人は、大伍君たちを見ると、昨夜はどうも、というようにニッコリしてみせた。大伍君たちも、二人の前に腰をかけた。

「おめでとう。」と、大伍君がいった。

「あら、何よ。」と、コロッケさんがいったが、もう、真ッ赤になっている。

浅沼君は、嬉しそうである。

そこへ石浜君がやって来た。

「ほう。これは、おどろいた。ミス・コロッケとミスター・キャベツが、仲良く並んで、コロッケとキャベツを食べている。これじゃア、コロッケとキャベツの二重奏だよ。」

と、石浜君は、大声でいった。

周囲がこっちを見て、笑いだした。

「あら、放っといて頂戴。」と、雪子さんがいった。

「ふーむ。もう、そういう次第になったのか。しかし、この前の決議があるから、二人が結婚しても、われわれはお祝を出さないことにするよ。」

「まア、ケチン棒ね。」と、雪子さんがやり返した。

「そうか、ケチン棒とおっしゃるか。もう、いけません。負けましたよ。」

石浜君は、カブトを脱いだ。こんどは周囲に、もっと、大きな、そして満足げな笑いが巻き起った。

桃子さんがいった。

「コロッケさん。明日は日曜日よ。二人で何処へ行くの？」

「そうね。」

雪子さんは、浅沼君の方を見る。浅沼君は答えた。

「あとで屋上へいって相談しよう。」

「え、そうしましょう。」

いそいそと二人が立っていったあとの皿には、コロッケもキャベツも綺麗に食べつくしてあった。大伍君はそれを眺めて、溜息まじりにいった。

「なるほど、恋愛すると、食欲が極めて旺盛《おうせい》になるものらしい。」

第八話　あすは晴れるだろう

1

ある冬の寒い日、新大阪産業株式会社の桜井大伍君は社用で外出し、オーバーの襟を立てて帰ってきた。身体中が冷え切ったようである。しかし、暖房の通っているビルディングの中に一歩はいれば、もう極楽であった。鼻の先がムズ痒《がゆ》くなってくるような、ホッとした気分である。エレベーターを待ちながら、そのムズ痒い鼻の頭を、大伍君は何んとはなしに撫でまわしていたが、そのうちに、ふと向こうの方を見て、

「おや？」と、いうような顔をした。

同時に、先方でも大伍君に気がついて、

「まア。」と、いうような顔をしたのである。

大伍君の印象では、その女は、そこらを思案げに、行きつ戻りつしていたのであった。それが大伍君と視線が合うと、大急ぎで近寄ってきた。

「しばらくでしたわ、桜井さん。」

「やア、そうでしたね。」

女は、いかにも懐《なつか》しいわ、という表情であった。しかし、大伍君の方は、それ程でなく、普通の程度である。

女は、五十嵐文恵《いがらしふみえ》さんで、もと、営業部に勤めていたのだが、一年ほど前に辞めて、田舎へ帰ったはずである。勿論、大伍君とは、特別になつかしいわ、という表情をされるような仲ではなかった。

「お元気ですか？」

「ええ、どうにか……。」と、文恵さんは、ちょっと曖昧《あいまい》にいってから「あの、お願いがあるんですけど。」

「はア？」

「営業部の朝倉さんをここまで呼んで下さいませんでしょうか。」

「朝倉君に会いたいんなら、こんな所でモジモジしていないで、すぐ六階へいらっしゃいよ。あなたなら、すこしも遠慮いらないでしょう？」

「ええ、でも……。」

と、文恵さんは、ためらってから、「やっぱり、ここでぜひお話したいことがありますから、お願いしますわ、桜井さん。」

「あなたも、案外、遠慮深いひとなんだなア。じゃア、僕はこれからすぐ六階へ上りますから朝倉君にそういってあげましょう。」

「お願いします。では、あたし、そこの喫茶店で待っていますから、きっとね。」

「ええ、いいですとも。」と、大伍君は、気やすく引受けて折から降りて来たエレベーターに乗った。

エレベーター・ガールの杏子さんは、いまでも大伍君が乗ってくると、胸がワクワクする。それから、

(このひと、あたし、ほんまに好きやわア)

と、呟いてみる癖がある。一階から六階までの約一分間が、大伍君の生命を預かっているような気がして、杏子さんにとって、いちばん幸福な、いうなればエレベーター・ガールになった甲斐のある時間である。

しかし、大伍君は、相変らず、杏子さんに対して無関心であった。彼は、エレベーター・ガールが杏子さんであろうと、花子さんであろうと、要するに、安全に運んでくれさえしたら、それで結構だ、と思い込んでいる。その大伍君が、エレベーターが一階をはなれると同時に、

(あッ、そうであったか!)と、ニヤッとしたのである。

大伍君は、文恵さんと朝倉君が、かつて恋仲であったことを、いまになって思いだし

たのであった。たしか、二人が連れだって道頓堀や中之島公園を歩いていた姿を見たことがある。それから、これはまだ誰にも口外していないことだが、ある日、大伍君が残業をしていて、七時頃になった。さて、帰ろうとしてひっそりした廊下を歩いていると、応接室の中で、コトリと音がした。今頃、応接室の中に人がいるのはおかしい。鼠かも知れないが、しかし、怪盗であるかも知れない。

大伍君は、責任観念の強い男であるから、応接室の中を調べてみようと決心した。ところが、ハンドルをまわしてみるのだが、うちから鍵《かぎ》がかかっている。しかも、とたんに中の方でギョッと人の動く気配がした。勿論、大伍君も、それ相応にギョッとしたのである。しかし、勇敢にもいった。

「なかにいるのは、誰だ？」

返事がない。

「泥棒か？　そうだ、泥棒に違いあるまい。」

すると、相手はうっかり、

「バカッ、泥棒なんかではないぞ。」と、怒鳴り返してしまったのである。

大伍君は、安心した。

「では、社員か？」

「そうだ。」

「誰だ？」

「営業部の朝倉だ。」

「何アんだ、朝倉君。僕は、桜井だよ。今頃、応接室で何をしているんだ。」

「仕事だよ。機密の仕事だ。」

「一人でか？」

「勿論だ。だから、君は、心配しないで、早く帰れ。さっさと帰ってくれ給え。」

大伍君は、今頃、ひとりでこんな部屋で仕事をしているはずがない、と思った。しかし、ここは黙って騙《だま》されてやった方が、男の友情というようなものであろうと、

「では、帰る。しかし、いい加減に帰った方がいいよ。あんまり、無理をするなよ。」

すると、なかから、いかにもホッとしたらしい口調で、

「よし、わかった。とにかく、君は、いい男だよ。早く、帰ってくれ。」

「何、それほどでもない。失敬。」

大伍君は、そういって、苦笑しながら戻ったのである。ところが、その翌日、廊下で、文恵さんとすれ違った。すると、この娘は、どういう料簡《りようけん》からか、

「あら。」と、真ッ赤になって、逃げるようにして引返していってしまった。

大伍君も、はじめは何んのことかわからず、ちょっとあッけにとられていたのだが、一分ほどたってから、

（ははあン。昨夜は、彼女がいっしょだったのか）

と、察しがついた。

しかし、何もはっきりした証拠があるわけではないから、桃子さんにさえ、そのことはいわなかった。

すでに、エレベーターは六階に到着していた。しかし、大伍君は、まだ、気がつかないで、回想に耽《ふけ》っている。何んとなしに楽しそうである。

杏子さんは、かねがね、大伍君をエレベーターで、一階と六階の間をノンストップで往復さしてやりたいと思っている。そんな空想を、何度もして来ていた。今日こそは、と決心した。黙って、扉を閉めようとしたとたんに、

「やッ。」と、大伍君がいって、慌てて降りていってしまった。

杏子さんは、ちょっと、がっかりしたが、

（では、また、この次にね）

と、心の中でつぶやいて、すっと下へ降りていった。

2

大伍君は、総務課の部屋へいかず、すぐに営業部の部屋の方へ歩いていった。まだ、文恵さんと朝倉君のことを考えている。

たしか、文恵さんが辞《や》める時には、田舎へ帰って、結婚の準備をするため、ということであった。勿論、結婚の相手が朝倉君であることは、疑いの余地がなかった。しかし、朝倉君は、いまだに独身でいる。大伍君もまったくうっかりしていたが、今になって思うと、随分と長い結婚準備期間であったわけだ。しかし、いよいよ機が熟した、ということなのに違いない。それで、文恵さんが何かの打ち合せにやって来たのに違いない。

とにかく、おめでたいことだと大伍君は、心からそう思った。

「朝倉君よ。」と、大伍君は朝倉君の肩に、うしろから手をおいた。

「何んだい？」

「一階の喫茶店へいってみろよ。素晴らしくいいことがあるから。」

「一階の喫茶店？」

「いけばわかる。」と、大伍君は、ニヤニヤしながらいった。

朝倉君は、どうも腑《ふ》に落ちない顔つきである。疑い深そうに、大伍君を見上げた。しかし、大伍君は、何もかも呑み込んだように、

「じゃア、いいね。」と、もう一度、朝倉君の肩を叩いて、さっさと総務課の部屋へ引き返した。

「お帰りなさい。」と、桃子さんがいった。

たとえ、二時間ほどでも、大伍君が席を空けていると、桃子さんは、淋しいような気

分に襲われることが、近頃になって、時時あった。

「はい、お茶。」と、なかなか、サービスがいい。

「ヤッ、ありがとう。」と、大伍君は、まるで慈善行為をして来たあとのような、いかにも鷹揚《おうよう》な態度で、熱いお茶を飲んだ。

「外は、寒かったでしょう？　可哀そうに。」

「何、それほどでもない。それよりね。」と、大伍君は、文恵さんの頼みを朝倉君に伝えてやった経緯を話して、

「だから、今頃は、一階の喫茶店で、二人とも浮き浮きしているだろう、と思うんだ。」

と、得意げに、且つ嬉しそうにいった。

ところが、桃子さんは、美しい眉をひそめた。

「ねえ、それはいけないことであったかも知れないわよ。」

「どうしてだい？」

「だって、朝倉さんと五十嵐さんとは、もう半年も前に、婚約を解消したのよ。」

「ちっとも知らなかったよ。」

「相変らず、ウカツねえ、大伍さんは。じゃア、朝倉さんが婚約を解消した原因は、新たに会計課の宮野里子という恋人が出来たからだ、ということも知らないんでしょう？」

「全然だ。」

「たぶん、そうだろうと思ったわ。でも、そういう風にウカツな方が、大伍さんらしいわよ。」

「しかし、婚約を解消してから半年にもなるのに、五十嵐君は、どうしてわざわざ会いに来たんだろう。」

「そりゃア、五十嵐さんの方に、未練があるからよ。それにいろいろとつまらんことを知らせてやるひともあって、五十嵐さんは、宮野里子さんのことを知ってるはずよ。」

「ふーむ。」

「だから、今頃、朝倉さんは一階の喫茶店で困ってるかも知れないわ。きっと、そうよ。だって、朝倉さんは、いつでも、五十嵐さんから逃げてるんですもの。それに、宮野さんだって、朝倉さんが五十嵐さんと会うのを絶対に嫌がってるのよ。」

「だって、宮野君の方は、五十嵐君より後口《あとくち》だろう？」

「いくら後口でも、宮野さんの方は、現役の恋人なんですもの。発言権は絶大よ。五十嵐さんが六階まで上ってこないのも、宮野さんの顔を見るのが嫌だからだわ。」

「ふーむ。」

「そこへ大伍さんが、うまい具合に通りかかった、というわけよ。しかも、大伍さんが、あっさり五十嵐さんの名をいえばよかったのに、朝倉さんはそれと知らずに行って、きっと困ってるかも知れないわ。だから、あとで、大伍さんは怨まれるわよ。朝倉さんにも、宮野さんにも。大丈夫？」

そのとき、大伍君は、あんまり大丈夫らしい顔をしていなかった。ちょっと、途方に暮れている。しかし、そのうちに、断固としていった。

「いや、どういう事情があって、婚約を解消したか知らないが、朝倉君としては、せっかく五十嵐君が田舎から訪ねてきたら、やっぱり、会ってやらねばならぬ。それほどの義理があるはずだ。それが男だ。だから、僕としては、特別に悪いことをしたとは思わない。」

「自信満満ね。」

「そうだ。」

「なら、いいけど。」

しかし、それから十分とたたないうちに、朝倉君が不愉快そうな顔で、総務課の部屋へやってきた。

「桜井君。」

「うん。」

「あんまり、出しゃばった真似はして貰いたくないんだ。却ってこっちが迷惑する。」

そういって、朝倉君は、床を蹴るように、総務課の部屋から出ていった。

「それ、ごらんなさい。」と、桃子さんがいった。

大伍君は、しばらく、むずかしい顔で黙っていたが、

「まア、いいや。五十嵐君がすこしでも喜んでくれたろうから。」と、いって、何もかも忘れるように、仕事に熱中していった。

その大伍君の頭の中には、いつかの応接室のことが、点滅していた。それから、この寒い風の吹く街中《まちなか》へ、悄然《しょうぜん》と出ていくであろう文恵さんの姿が……。

3

その日、大伍君は、退社時刻真際になって、課長から急ぎの用を頼まれて残業をした。その仕事を仕上げたのが七時頃であった。桃子さんは、六時頃まで手伝ってくれたのだが、あとは大伍君が帰ってくれというし、また、家へ七時までに戻らねばならぬ用事があったので、残念ながら、未練を残して帰っていった。

あとには、大伍君ひとりである。社内ではほかに残業をしている者もないようだ。大伍君は一仕事をしたあとの爽かな気分で、煙草を深深と吸った。そして、何んとなしに、お昼の五十嵐文恵さんのことを思い出していた。

宮野里子さんは、どちらかといえば、フラッパア的な性格だが、文恵さんの方は、それとは対蹠的《たいしょてき》な内気な人柄である。ただし、どっちが美人かとなれば、大伍君は里子さ

ん の方に軍配をあげる。

「さて、帰ろうか。」と、大伍君は、立ち上った。

廊下を歩いていく。そのうちに、

「おや?」と、歩みをとめたのは、何かの物音を聞いたように思ったからであった。そして、気がついたことは、一年前、朝倉君が機密な仕事をしていた、あの応接室の中から発した音に違いないことであった。だから、

(また、朝倉君かな)

と、思ったが、同時に、

(しかし、こんどは、本当の怪盗かも知れないぞ?)

と、気になった。

応接室の扉に耳を寄せると、たしかに、誰かがいるらしい気配である。大伍君は念のためにコツ、コツ、とノックをしてみたが、返事がなかった。しかし、ハンドルをまわしてみると、うちから鍵がかけられているのだ。

「誰かいるのか?」

しかし、返事のないことは、一年前と同様である。

「泥棒か?」

すると、うちから、うるさそうにいった。

「泥棒ではない。だから、放っといて、早く帰れ。」

「その声は、朝倉君であるな。すると、また、機密の仕事をしているのか?」

「そうだ。」

「おい、いい加減にしろよ。」

「俺の勝手だ。」

「それもそうだな。では、失敬。」と、大伍君は、応接室の前をはなれた。

応接室の中で、クスリと笑ったような声が洩れてきた。どうやら女の声である。大伍君は、朝倉君の機密の仕事を手伝っている相手が里子さんのような気がして、不愉快になった。朝倉君を、とんでもない野郎だ、と思った。あの応接室には、明日、塩を撒《ま》いておいた方がいいかも知れない。

大伍君は、ビルディングの裏口から外へ出た。星はでているが、相変らず、寒い北風が吹いている。御堂筋の並木がサラサラとふるえていた。大伍君も、ぶるッとふるえてから、おでんでいっぱいやって帰りたくなった。

「桜井さん。」

暗闇から呼ばれた。

「……?」

黒い影のように、ショウルで顔を埋めた女が、すっと大伍君の前に立った。

「何んだ、五十嵐さんか。幽霊かと思って、びっくりした。」

「すみません。」

「いや、いまのは冗談だが。いったい、こんな所で、今頃、何をしていたんです？」

「お願いがあって、桜井さんをお待ちしていましたの。」

「こんな時間まで？　そいつは悪かったなア。寒かったでしょう？」

「ええ、ガタガタふるえながら。」

「そいつはいけない。そこらで、お茶でも飲もう。」

「はい。」

大伍君は、先に立って歩きはじめた。文恵さんは、そのうしろから、ひっそりとついてくる。大伍君には、文恵さんのお願いとは何か、何んとなくわかるような気がしていた。当惑気味であった。

すこしいくと、喫茶店の灯が見えてきた。なかはストーブをたいているらしく、硝子《ガラス》戸が湯気で曇って、大そう温かそうであった。二人はそこへ入った。

熱いコーヒーを取った。文恵さんは、コーヒー茶碗を両手の中にいれている。顔色が蒼白で血の気を失っているといってよかった。お昼、エレベーターの前で見た時にくらべると、まるで絶望しているように、悄然としていた。

「いったい、どうしたんですか？」

大伍君は優しい口調で聞いてやった。どうも、女のショボリした姿を見ているのは苦手《にがて》である。桃子さんなら、めったに、こんなめそめそした姿をしないに違いない。だから好きなのだ、と心の中で呟いている。

文恵さんは、チラッと大伍さんを上目《うわめ》で見てから、淋しげに、

「桜井さんは、あたしと朝倉さんの仲がどんなであったか、ご存じでしょうね。」

「ええ、まア。」

「あたしは、どうしても、朝倉さんと結婚したいんですの。あたしが会社を辞めたのも、その準備のためでしたわ。ところが半年ほど前に、朝倉さんからお手紙が来て、婚約を解消してくれ、ということでした。何んでも、家庭の事情で、ここ数年間は、どうしても結婚できなくなったからという理由でしたの。あたしはすぐに大阪へ来て、どうしてもいけない事情があるなら、その数年を待つ、といったんですけど、あのひと、それでは徒《いたず》らに婚期を遅らせることになって、自分の良心が許さないから、とおっしゃって、とにかく、一応婚約は解消すると、一方的におきめになってしまったんですの。」

「…………」

「ところが、あとでわかったことは、それは朝倉さんに、宮野里子さんという恋人が出来たからなんです。あたしはあんなことされながら、我慢なりませんわ。それでいくら手紙を出しても返事がありませんし、一カ月前にも、大阪へ来てお会いしようとしたけ

ど、会ってくださいません。仕方なしに、田舎へ帰りましたけど、やっぱり、じいっとしていられなくて、けさ出て来たんですの。桜井さんのおかげで、やっと、あのひとに会うことが出来ましたが、朝倉さんたら、あたしの顔を一目見るなり、実に嫌な顔をして、困るではないか、何度も手紙でいった通りだ、といって、せめて、十分、では五分、とすがるようにお願いするあたしの手を振り切って、さっさと行ってしまったんですのよ。」

大伍君は、朝倉君が、恐らく今もまだ、会社の応接室にいるかも知れない、と思うと、よけいに腹が立ってくる。だから、つい、いってしまった。

「あんな男は、思い切った方がいいですよ、五十嵐さん。」

文恵さんは悲しげに顔を横に振って、

「それが、どうしてもあきらめ切れませんの。あたしは、一年でも二年でも待ちます。だから桜井さん、お願い。朝倉さんに、あたしの気持をいって、あたしが希望を持てるようにしてくださいません？」

「しかし、朝倉君には宮野君があるとしたら、どうにもならないでしょう？」

「そんな残酷なことを、いわないでよ。朝倉さんが、あたしになさったことを考えれば、今更、宮野さんなんかと結婚できないはずですわ。」

しかし、朝倉君が、文恵さんにしたと同じことを、里子さんにもしているかも知れないのである。流石《さすが》に、大伍君は、そこまで文恵さんにいえなかった。はっきり嫌われているとわかりながら、あきらめることの出来ぬ女ごころが哀れであり、悲しいものに思えた。間違っても、こんな恋はしたくないものだ。大伍君は、黙っている。

「ねえ、桜井さん、一世一代のお願い。あなたから、朝倉さんに頼んでみて下さい。あたしは、まだ、二、三日は大阪にいますから。」

文恵さんは、涙声になっている。こうまでいって頼まれると、大伍君は、無下《むげ》に嫌とは断れぬ困った性分であった。

(そうだ、これは桃子女史に頼んだら、何んとかしてくれるかも知れないぞ)

そういう考えが、頭の一隅を掠《かす》めた。大伍君はいった。

「とにかく、何んとかしてみましょう。」

4

次の日、大伍君は、桃子さんにいった。

「……、というわけなんだ。だから、君からうまく朝倉君にいってほしいんだ。たのむよ。だって、五十嵐君の悄然とした姿を見ていると気の毒でねえ。」

ところが、桃子さんはあっさりいった。

「あたしは嫌よ。」

「だって、目下の朝倉さんは、宮野さんが好きなのよ。」

「どうしてだい。」

「しかし、その前は——。」

「何をいってらっしゃるのよ。朝倉さんには、昔の恋人なんか、全然、意味ないはずよ。朝倉さんて、そういう男よ。あたしは、大嫌い。」

「僕も嫌いだな。」

「でしょう？　だから、放っとけばいいのよ。」

「しかし、僕は、たのまれてしまったんだ。」

「それは大伍さんの自業自得よ。あたしは、寧ろ、朝倉さんが一日も早く、宮野さんと結婚してしまった方がいいと思ってるのよ。でなかったら、あのひとは、そのうちにまた別の恋人をつくるわよ。」

「それでは、五十嵐君があんまり可哀そうだ。」

「でも、それは仕方がないと思うわ、あたし。五十嵐さんが、しっかり、朝倉さんの心を摑んでいなかったからでもあるし、それからまた、朝倉さんみたいな浮気性な男を好きになったむくいでもあるのよ。」

「君は相当残酷なことをいうね。」

「当り前のことよ。だから、あたしは嫌よ。大伍さんが頼まれたんだから、大伍さんが何んとかしてあげるといいわよ。」

と、桃子さんは横を向いてしまった。

「よーし。」

「何よ。」

「君の気持はわかった。頼まないよ。こうなったら、僕は、自力で朝倉君を説き伏せてみせるからね。」

「大丈夫?」

「大丈夫だ。」と、大伍君は、いい切ったが、あまり自信があるようではなかった。

大伍君は、早速、朝倉君に会見を申し込むつもりで、総務課の部屋から出ていった。

「桜井さん。」

振り向くと、里子さんが立っていた。

「おや、何かね。」

「あのね。」と、里子さんは、皮肉たっぷりな表情で、

「あたしと朝倉さんが、どういう仲か、ご存じでしょう?」

「うん、だいたい。」

大伍君は、余ッ程、昨夜、応接室に朝倉君といっしょにいたのは君だろう、といってやりたかったが、そこは我慢した。しかし、文恵さんは、あくる日、大伍君を見るや、

あらッ、と真ッ赤になって逃げたが、里子さんの方は、泰然自若として可愛げがない。二人の性格の相違であろう。それだけでも、大伍君から見ると、文恵さんの方が妻として適任のように思えてくるのであった。

「知ってるくせに、あんまり出しゃばった真似をして頂きたくありませんわ。」

「何んのことだい？」と、大伍君は、わざと白っぱくれたが、

「勿論、五十嵐さんのことよ。」と、里子さんは、腹立たしそうにいった。

ついでに、大伍君をきつい目つきで、睨みつけた。大伍君と雖も黙って引っ込んでいられなくなる。

「そんなこと、僕の勝手だ。」

「まア。」と、里子さんは、口惜しがって、

「いいわ。こうなったら、あたしは、絶対に負けないから。」

「それは君の勝手だ。失敬。」と、いって、大伍君は、歩きはじめた。もし、そこで振り向いたら、里子さんの瞋恚《しんい》の焔を燃え上らせた形相《ぎょうそう》に、ぞうッとしたかわからない。とにかく、大伍君はまだ、女の怨みの恐ろしさを知らぬ男である。

大伍君は、朝倉君にいった。

「おい、今夜、僕といっしょに飲もう。」

朝倉君は、あんまり気がすすまないようであった。

そこで、大伍君は、ぐっと朝倉君に顔を寄せて、

「いいか、もし、つきあわない、というんなら、応接室のことを吹聴してまわるぞ。ただし、つきあったら、絶対に誰にもいわない。どうだ、つきあうか。」

「君は、僕を脅迫する気か？」

「そうだ。」と、いって大伍君は、ニヤリと笑った。

朝倉君は、そっぽを向いて、

「つきあえばいいだろう。」と、ふてくされたようにいった。

大伍君は、自分の席へ戻ると、桃子さんにいった。

「どうも、毎度で申しわけないが、千円ほど貸して貰いたい。今夜、お初天神《はつてんじん》のおでん屋へでも行って、朝倉君といっぱい飲む軍資金だ。」

桃子さんは、大伍君が席を空けていた間に、文恵さんから電話のあったことをわざといわないで、

「いいわ。借用書を書いて頂戴。」と、ニッコリした。

5

大伍君は、桃子さんに借りた千円と、自分の手持ちの五百円と合計千五百円をポケットにいれて、お初天神の境内のおでん屋へ朝倉君を連れていった。

「今夜は、僕がおごるからね、遠慮なく飲んでくれよ。」

「よし、遠慮をしないぞ。」と、今夜の朝倉君は、何んとなしに、はじめから荒れているようであった。

「そのかわり、腹蔵《ふくぞう》なく話そうじゃアないか。」

「そういうことにしてもいい。」

「では、僕からいうが、実は、すでに察してくれている、と思うが、五十嵐君から頼まれたんだ。」

「その話なら、やめて貰いたい。」

「何故だい？」

「僕は、あの女とは、もう、何んの関係もないんだ。」

「しかし、五十嵐君は、やっぱり、君と結婚したがっている。どうだ、もういっぺん、思い直したら？」

「嫌だね。」

「しかし、君はすでに五十嵐君とは、結婚を前提とするような仲になっているはずなんだろう？」

「そんなことまで、あの女が喋《しゃべ》ったのか？」

「いや、僕の想像だ。」

「つまらん想像はよしてくれ。」

「ではつまらん想像はよすとして、僕は、君のためにいうが、結婚の相手としては、宮野君より五十嵐君の方がいいよ。きっと、その方が、君のために幸福だと思うんだ。」

「放っといてくれ。」

「いや、僕は友情として、放っとかれないような気がするんだ。頼むから、五十嵐君のために、考え直してやってくれないか。」

「だいたい。」と、朝倉君は、吐き出すようにいった。

「二人っきりの問題を、赤の他人に喋ったり、頼んだりするような女は大嫌いだ。絶対に嫌いだ。」

「そうか……。」と、大伍君は、これではもう仕方がない、と思った。せっかく、頼まれたけれども、因果を含めて、文恵さんにあきらめさせるより方法がない。しかし、考えてみれば、文恵さんも、今は辛くても、長い一生ということを考えれば、寧ろ、こんな男と結婚しない方が、却って幸福かも知れないのである。

　大伍君は、酒を飲み、おでんを食べた。それから、何気なく聞いた。

「すると、君は、やっぱり、宮野君と結婚するんだな。」

「冗談じゃアない。」と、朝倉君が答えた。

「誰があんな貞操観念の薄い女と結婚するものかね。」

「それは本気か？」

「勿論、僕は、結婚するなら、もっと、きりっとして、しかも、やさしい女とするよ。その点、五十嵐も宮野も落第だ。」

朝倉君は、せせら笑うようにいった。大伍君は、おどろいた。それから、腹を立てた。睨みつけるように、

「すると、君は、はじめから結婚の意志がなくて、二人の女と交際したのか？」

「そうだ。」

「念のためにいうが、ただの交際ではなかったはずだ。」

朝倉君は、面倒くさげに、

「それがどうした。放っとけよ。」

「いや、放っとかれない。」

大伍君は、開き直った。いつもの大伍君なら、こうまでムキにならなかったかも知れないのだが、すでに酒がはいっている。さっきから、ムカムカしていたところだ。

「じゃア、どうする、というんだ。」と、朝倉君は、肩をそびやかした。

大伍君は、おでん屋の親爺に、

「おい、勘定だ。」と、いって、五百五十円を払ってから、朝倉君に、

「表へ出ろ。」

「何？」

「とにかく、表へ出ろ。俺はオール男性の名において、君のような奴は殴ってやるんだ。」

「生意気な。」

「出ろ。」

「よーし。」と、朝倉君は気負い立って表へ飛び出した。

しかし、いったん表へ出てみると、急に気が変ったらしく、そのまま大伍君の出てくるのを待たずに、サッと逃げた。

「待て！」と、大伍君は、うしろから大喝《だいかつ》して追った。

しかし、大伍君が追いつく前に、朝倉君は、まるで天罰のように、何かに躓《つまず》いて、わッ、と叫んで、前のめりに両手をついた。その醜態を見ると、大伍君の闘志が半分ほど急に消えた。しかし、いっぺんぐらい殴らんことには、やっぱりおさまりがつかない。だから、あわてて朝倉君が起き上ったところを、ポカッとやってやるつもりで、拳《こぶし》を振り上げた。そのときであった。

「大伍さん、おやめなさい！」

桃子さんの声である。大伍君にとって、それは鶴の一声のような値打ちがあった。大伍君は振り向いて、拳のやり場に困った。

そこには、桃子さんだけでなしに、文恵さんもいた。

「や、やッ。」と、わけのわからぬ叫びを上げて、朝倉君は、一目散に逃げ去っていった。

文恵さんが桃子さんといっしょにいるのは、お昼、大伍君の留守中にかけてきた電話を桃子さんが聞いて、今夜、お会いしましょう、ということになったからであった。更に、二人がここにいるのは、大伍君が桃子さんから千円を借りるとき、お初天神のおでん屋へいくつもりだと、喋ったからであった。

大伍君は、頭をかきながら、

「五十嵐さん。何もかも、僕では、ダメでした。」と、神妙に詫びた。

「いいんですの。あたし、山吹さんから何もかも聞いて、もうあきらめていました。それに今のあのひとの姿を見たら、却って覚悟がつきましたわ。もう、未練を残しません。」と、文恵さんは、淋しくいった。

桃子さんは、その方がいいのよ、という顔をしていた。

6

翌日は、土曜日であった。

午後の汽車で田舎へ帰る文恵さんを、大伍君と桃子さんが、見送りに来ていた。

文恵さんは、汽車の窓から顔を出している。ときどき、大阪の街の方に視線を走らせているのは、未練を残さないと決心した朝倉君への、いまだに断ち切れぬ未練のせいであったかも知れない。

朝倉君は、今日欠勤していた。

「いろいろとお世話になりました。」

そういう言葉を残して、文恵さんは大阪をはなれていった。二人は、それを見送っていた。

「帰りましょう。」

「ああ、帰ろう。」

二人は出口の方へ歩いていく。

「こんどは、すっかり失敗した。」

「あれでいいのよ。だって、もし、朝倉さんが、五十嵐さんともう一度もとの仲になるとでもいいだしたら、こんどは、宮野さんがおさまらないわよ。ますます面倒になるわ。それに、五十嵐さんだって、結局朝倉さんなんかと結婚しない方がいいとわかったはずだから、まア、大伍さんにしては、成功の部類よ。ケガの功名というところよ。」

「しかし、どうも、後味がよくないよ。」

「過ぎたことは、忘れるものよ。」

「そうだな。」

「ねえ、明日は日曜日よ。どこかへ、いかない？」

「うん、いってもいい。」

そこで二人は、顔を見あわしてニッコリしあった。改札口を出ると、冬の午後の陽差しが、駅前の広場に暖かそうにさしている。二人は、肩を並べて、その広場を横切っていった。恐らく明日の日曜日は晴れるだろう。

第九話　新入社員への戒め

1

「ねえ、大伍さん。」

「おお、何かね。」

「僕は、あなたに重大な相談があるんですが、聞いてくれますか?」

「ああ、いいとも。」

「ほんとうに、聞いてくれるんでしょうね。」

「くどいではないか。僕は、こう見えても、相当気のいい男なんだ。何んでも聞いてやるから遠慮なしに、早くいい給え。」

桜井大伍君は、ポンと自分の胸を叩いてみせた。だいぶん、酔っているのである。しかし、相手の田口君の方は、もっと酔っていた。田口君は、昨年の四月に入社したばかりの男である。

今日は、新大阪産業株式会社総務課の新年宴会であった。梅田新道の料亭「一風《いっぷう》」の二階ですき焼鍋をつついていた。一通りの隠し芸も終って、そろそろ座が乱れかけてきたところへ、田口君がまだ八分ぐらい入っているお銚子と盃を持って、ふらふらと大伍君の前へ寄ってきたのである。

「さア、先輩、一杯、いきましょう。」

「よし、よし。」と、大伍君は、二年先輩らしく、鷹揚《おうよう》に後輩の盃を受けた。

向こうの方で、桃子さんが、あんまり飲まない方がいいわよ、という顔でこっちを見ているのだが、大伍君は、一向に気がつかない。泰然と胡座《あぐら》をかいて、さされる盃は、絶対に拒まない主義のようであった。

「では、いいますよ。」と、田口君が念を押して、

「大伍さんは、山吹桃子さんをどう思われますか？」

「うん、まアまアというところであろうな。」

「いや、違います。彼女は、全く素晴らしいですよ。さっきも、僕に嬉しそうにお酌をしてくれましたからね。」

「ふーむ。」

「さあ、先輩、一杯。」

「うん。」

「俺は、桃子さんにプロポーズしようと決心しました。」

「こらッ、何んだって？」

「いけませんか？」

「いや、いかんという理由は、何もない。」

「安心しました。さア、もう一杯。」

「盃なんか面倒くさい。このコップでいこう。」

「大丈夫ですか。」

「早く注《つ》げよ。後輩のくせに愚図愚図いうな。」

「では。」

大伍君の突き出したコップに、田口君はドクドクと酒をいれた。大伍君は、一気に半分ほどを飲んだ。

「さア、何んでも喋り給え。こうなったら、すこしも驚かんからな。」

「どうも、僕は、生れつき口下手なんです。」

「嘘をつけ。」

「ほんとうです。だから、大伍さんから、彼女が、ウン、というように、うまくいってください。」

「よし、いってやる。今、すぐにいってやる。おーい、山吹くーん。」

田口君は、こんなに急に恋の橋渡しをして貰えるとは思っていなかったので、あわてはじめた。ちょっと、逃げ腰になったが、

「こら、逃げるな、男らしく、そこに座っとれ。」と、大伍君から一喝されてしまった。

「何よ。」と、桃子さんが、近寄ってきた。

無理にすすめられて飲んだ二、三杯の酒に、顔がぼうっと桜色になっていて、いつもよりも美しいくらいである。そういえば、あちらこちらに座っている女事務員たちの顔は酒のせいか、ふだんよりお色気があって悪くない。なかには、酔っぱらって、むやみにはしゃいでいる女もあった。男たちは、ご満悦のようである。

「どうだ、ちょっと、飲むかね。」と、大伍君が、桃子さんにいった。

「嫌よ。」

「では、代りに僕が飲む。」

大伍君は、コップの残りをぐっと飲んだ。

田口君は、傍らで、何んとなしに、そわそわしているのだが、桃子さんは、まるで眼中にないみたいに、無視している。

「山吹くん。君に、縁談だよ。」

「あら、嬉しい。誰から?」

「そこにいる田口君からだ。」

「まア、田口さん、あなた、本気？」

「勿論です。僕は、酔っていうのではありませんが、この間から、あなたのことを思うと、この胸が切《せつ》なくて、裂けそうなんです。」

「阿呆らしい。」と、桃子さんは、鼻の先で、一蹴した。

「阿呆らしいとは殺生な。僕は、これでも本気なんですよ。」

「だって、田口さんの相手は、会計課の国田滋子《しげこ》さんでしょう。」

「とんでもない。」

「嘘おっしゃい。」

「それは誤解ですよ。大伍さん、何んとか、僕のために、一言、弁じてくださいよ。」

「僕は、知らんよ。」

「知らんとは、不人情な。とにかく、山吹さん。僕は二十四歳ですよ。それなのに、国田滋子なんて、二十八歳のオールドミス、売れ残りです。誰が、あんな——。」

「でも、随分と仲がよかったじゃアないの。」

「いや、ほんのちょっとです。それも、最早、遠い過去のことです。目下の僕は——。」

「でも、あたしは、固くおことわりよ。」

「ああ。」と、田口君は、絶望的に唸った。

大伍君は、急に上機嫌になった。

「おい、泣くなよ。男のくせに、失恋ぐらい何んだ。いっぱい、やけ酒でも飲め。おや、もう酒がないぞ。桃子さん、すまんけど、そこらから酒の入っているお銚子を探してきてくれないか。」

「いいわ。」

桃子さんは、気軽に立った。

大伍君の目の前のすき焼鍋の中で、肉や葱《ねぎ》が、こげついている。課長代理の宮田さんが、ふらふらッと立って、周囲の拍手のうちに、どじょうすくいをはじめた。田口君だけが、悄然とうなだれていた。

2

それから一カ月程たって、大伍君が会社からの帰り、田口君といっしょになった。

「ねえ、桜井さん。」

「何んだ。」

「僕はあなたに深刻な相談があるんですが、聞いてくれませんか？」

「ちょっと待て。君は、たしか一カ月前にも、同じことを僕にいったな。」

「違いますよ。あの時は、重大でしたが、今日は、深刻なんです。」

「ははん、事態は、重大から深刻化したというんだな。しかし、山吹君へのプロポーズなら、ダメだからあきらめ給え。」

「いえ、こんどは、国田滋子のことなんです。」

「すると、やっぱり、山吹君をあきらめて、国田さんと結婚することにしたのか？」

「それがしたくないから、問題が深刻なんです。」

「よくわからんな。」

「いえ、説明すれば、すぐにわかりますから、どうか先輩として、相談にのってください。お願いです。いうなれば、一世一代のお願いです。」

どうやら田口君の顔付では、冗談をいっているのではないらしい。大伍君もそれを感じた。それなら、どこかで一杯飲みながら聞こう、といいたいところだが、今日はそれほどの軍資金を持ち合わせていない。せいぜい、喫茶店程度であった。仕方がないので、

「では、そこでコーヒーでも飲みながら聞こう。」と、すぐ目の前の喫茶店へ、田口君を連れていった。

幸い、人が混んでいず、隅の席が空いていたので、二人は、そこに腰をかけて向かいあった。よく見ると、田口君は、だいぶん、憔悴《しょうすい》しているようである。大伍君も、今までにこんな風な田口君を見たことはなかった。

田口君は、仕事振りに特色がないかわりに、平常から、ちょっと軽薄なほど明朗なところに特色があったのである。だいたい、新入社員というのは、とかく、社内の女事務

員たちから、ちやほやされる。第三者から見ると、それほどの価値がないように思えても、新入社員というだけで女事務員から興味を持たれる。恐らく、これは現在の日本には、結婚適齢期の男の数よりも女の数の方が、遥かに多いがためであろう。しかし、新入社員も、次の新入社員が入ってくるまでの一年間が花で、その時期が過ぎると、要するに、月並な独身社員ということになってしまうのである。尤も、要領のいい男は、その間に、手頃な恋人を見つけるようであるが。

次の新入社員が入ってくるまでに、まだ三カ月ぐらいあるから、目下の田口君は、大いに女事務員から持てているはずであった。かりに桃子さんに失恋したとしても、それは特別に相手と運が悪かったに過ぎない。人間は、ゼイタクをいったらキリがないのである。

大伍君がいった。

「そんなに深刻ぶった顔をしていないで、話してみ給え。」

「先輩。僕は、国田滋子から結婚してくれ、といわれたんです。」

「したらいいではないか。」

「そんな残酷な。」

「では、ことわったらいいではないか。」

「それが、どうにも、ことわりにくいことになっているんです。」

「何故？」

「彼女が妊娠しているんです。」

「君の子供かい？」

「どうも、そうらしいのです。」

「うーむ。」と、大伍君は、心の底から唸った。それから、心の底から、感嘆していった。

「実に、早いではないか。」

「先輩、汗顔のいたりです。」

「そんなこと、僕にいっても、仕方がない。要するに、結婚すればいいのだ。」

「しかし、僕には、そんな気がないのです。正直にいうと、はじめからなかったのです。」

「気のない女に、どうして妊娠させたんだ。」

「だって、その点、彼女は、はじめから、とても積極的で強引でしたから、僕は、つい負けてしまったのです。」

大伍君は、顔をしかめて、

「負けるにしても、妊娠しないような負けようがあるではないか。」

「ええ、その点、僕も気にしていたんですが、彼女は、大丈夫よ、平気だわ、といつでも僕を安心させていました。それに、僕は、彼女といっしょにいると、まるで姉さんに甘えているような気がして、たとえ妊娠しても、自分でうまく処置してくれるだろう、と思っていました。だって、僕より四ツも年上ですからね。」

「………」

「ところが、妊娠したとなると、彼女は、どうしても適当な処置をするのが嫌だ、というんです。いくら懇願しても、僕の子供が生みたい、だから、結婚してくれ、もし、結婚してくれないんなら、みんなにそのことを公表してから自殺してみせるわと、僕を脅迫するんです。」

「相当なもんだね。」

「相当なもんですとも。」

「しかし、要するに、君は、それだけ惚れられているんだな。」

「いえ、僕は、惚れられたのでなしに、オールドミスから狙われたような気持です。情ない気持です。」

「仕方がない、結婚しろよ。」

「先輩。僕は、それが嫌さに相談しているんです。僕は、どう考えても、あんな年上の女と結婚する気になれません。いい恥さらしです。」

「自業自得だよ。」

「自業自得とは冷淡です。」

「当り前だよ。」

「先輩。僕は、桜井大伍さんを、男の中の男と見込んで頼むんです。あんな女と結婚したら、僕の一生は、滅茶滅茶です。僕の青春が泣きます。そして、結局、二人とも不幸になります。だから、今のうちに、赤の他人になっておいた方が無難です。要するに、ちょっとした若気の過失なのです。ですから、大伍さん、彼女に、この際、無理をいわないで、お腹の方をうまく処置するようにいうてください。誰もがやっていることです。遠慮はいりません。そのかわり、処置料は、仕方がないから、僕が半分だけ出します。大伍さん、お願いです。」

何んという虫のいい奴だと、大伍君は、むっつりしていた。しかし、いうことは虫がいいに違いないが、その時の田口君の表情には、真情溢れるものがあった。火遊びの酬いとは知っていても、途方に暮れる気持に変りがなかった。恐らく、あれこれと考えて、昨夜は、ロクに睡れなかったに違いあるまい。という風に考えてくると、大伍君は、性分として、田口君が可哀そうになってきた。

それに、滋子さんは、いったい、どういう気でいるのか、その本心を聞いてみたい気も、大伍君にあった。田口君のいう通りに信用すれば、多少、年若な男をペテンにかけたような趣きもなしとしない。何れにしても、こう打ち明けて相談を持ちかけられたからには、放っておかれないようである。

「とにかく、僕からいっぺん、国田さんに話してみよう。」

「すみません、先輩。僕は、これで親船に乗ったような気になれました。感謝します。」

「冗談じゃアない。今から安心されては困るよ。」

そういいながら、そのとき、大伍君は、桃子さんを思い出していたのである。いつものことだが、桃子さんなら、何んとか、うまく処理してくれるかも知れない、と。

二人は喫茶店を出た。大阪の夜の街街は霧に包まれて、ネオン灯も潤《うる》んだように光っていた。まことに、その夜の田口君の心境の如く、哀愁感に満ちていた。

3

大伍君は、田口君に別れて、一人歩いていく。面白くない話を聞いたあとは、やっぱり、憂鬱であった。

（だいたい、近頃の新入社員なんて、どうもなっていない）

大伍君は、自分が三年前の新入社員であることを、忘れているようである。

（そもそも、会社の採用方針がいけないのだ。思想問題ばかりを心配して、結局、気骨稜稜たる男を逃がしてしまうのである）

したがって、今のままで数年を経たら、会社には、桃色選手ばかりがハンランする結果になるかも知れないと、大伍君は、すでにして社長にでもなったような気分で、将来を憂慮しているのであった。

そのとき、誰かが、大伍君の横を追い越していった。うなだれているが、そのうしろ姿に見覚えがあった。たちまち、霧の奥に、消えていきそうである。

(あッ、国田さんだ)

大伍君が、急いであとを追った。

「国田さん、国田さん。」

滋子さんは、振り向いて、

「あら、桜井さん。」と、笑顔を向けた。

しかし、それは心なしか、淋しげな笑顔であった。きっと、滋子さんは滋子さんなりに、苦しんでいるに違いない。そう思うと、大伍君の心は、動揺してくる。今までは、田口君もバカだが、滋子さんが怪《け》しからん、と思っていたのであるが、ちょっと違ってきた。

「いっしょに、帰りませんか。」

「ええ。」

二人は、肩を並べて、歩きはじめた。大伍君は、滋子さんを喫茶店に誘いたかったのだが、さっきの払いで、あと僅かしか残っていないのである。これが桃子さんが相手だと、平気でずうずうしく借金の申し込みをするのだが、大伍君は、桃子さん以外のひとからは、一切、借金をしない主義にしている。桃子さんもまた、あたしにならいいけど、誰彼の見境いなしでは借金してはダメよ、と厳重に戒めているのである。だから、歩きながら話すことにした。

「実はね、国田さん。」

「ええ。」

「僕は、ざっくばらんに申し上げますが、田口君のことなんです。」

滋子さんは、一瞬、呼吸をつめるようにしてから、

「田口さんが、桜井さんに、何か、いったんですか。」

「あなたが、田口さんに結婚の申し込みをされたこと。」

「それから。」

「あなたが妊娠していられること。」

「そんなことまで？」

「ええ。何カ月目ですか？」

「四カ月目です。」と、滋子さんは、低い声でいった。

「僕は、よく知りませんが、四カ月目なら、まだ、うまく処置ができるんでしょう？」

大伍君は、思い切って、いった。

「あたしに、そうしろ、とおっしゃるんですか？」

「その方が、お二人のために、結局、いいのではないかと思うんです。」

「田口さんが、あなたに、お頼みになったのね。」

「そうなんです。どうか、悪く思わないでください。」

「嫌です。あたしは、絶対に嫌です。」

滋子さんの口調には、怒りがこもっていた。大伍君は、しまった、と思ったが、ここまでいってしまったからには、後へ引くわけにいかないのである。

「しかしね、国田さん。田口君は、まだやっと二十四歳です。月給だって、一万円ぐらいです。今、結婚したって、結局、苦労が重なるばかりだ、と思うんです。」

「あたしは、結婚してからの苦労なら、どんな苦労でも厭《いと》いませんわ。はじめから、その覚悟でしたわ。」

「しかし、田口君の方には、それまでの覚悟がなかったようだけど。」

「それは、あのひとの勝手です。でも、こうなったら、結婚してくださるのが、当然だと思います。」

「しかし、はじめから食い違った意志の結果としての結婚は、うまくいかない、と思うな。田口君もそういっているんです。正直にいって、あなたが田口君を好きな、その三分の一も、田口君は、あなたを好いていない、ということです。」

「あたし、それでもかまいませんわ。きっと、いい奥さんになってみせますわ。」

「ふーむ。」

大伍君は、唸っている。とても、自分の手に負えない、と思った。

「お願いです。」と、滋子さんは、しみじみ、といった。「桜井さんからご覧になると、あたしが田口さんと交際しはじめた動機に、不純なものがあったように見えるでしょう。あたしは、そう思われても仕方がない、と思います。でも、今は、田口さんの子供を宿してからは、あのひとが本当に好きなのです。」

「……………」

「桜井さん、女が二十八歳にもなって、結婚のアテのない心細さも考えて頂戴。どんなに悲しいものか、どんなに不安なものか。そして、どんなに肩身がせまいものか。あたし、何もかも正直にいいますけど、このチャンスを逃がしたら、永遠に結婚なんか出来ないような気がしています。あせっている、と思われてもいいですわ。あせらずにいられぬオールドミスの悲しみは、経験したものでないとわかりません。だから、桜井さん。あたしと結婚するように、田口さんにいって頂戴。そのかわり、きっと、きっと、あたしはあとで感謝されるようないい奥さんになってみせますから。」

滋子さんの声に、嗚咽がまじっていた。霧の夜の街で、それはオールドミスの慟哭《どうこく》のようでさえあった。大伍君は胸を打たれた。そして、途方に暮れていた。

4

次の日、大伍君は、桃子さんにいった。

「……というわけでね。両方から頼まれてしまったんだ。いったい、どうしたもんだろうね。」

流石《さすが》の桃子さんも、ちょっと、あきれたようである。

「困ったことを頼まれたわね。大伍さんて、どうして、こんなにいろいろのことを頼まれてくるのかしら。」

と、いう桃子さんの口の裏には、

(これでは、とても、自分のことを考えてるヒマが出来ないわ。だいたい、大伍さんは、あたしのことを、どう思ってるのかしら。お嫁さんにしてくれるつもりかしら)

の意が含まれているのだが、勿論、大伍君には通じない。

桃子さんと雖も、いつまでたっても大伍君が、自分に対する意思表示をしてくれないと、そのうちに、自分もまた、滋子さんのようなオールドミスになって、まだ西も東もよくわからぬ新入社員のあとを追っかけまわすような醜態を演じなければならなくなるのではないかと、時には心細くなってくる。そのくせ、絶対に自分から、好きよ、だから、結婚してね、なんて弱音を吐く意志はない。あくまで、大伍君に弱音の第一発を吐かせてやろう、との闘魂に燃えているのである。

「ねえ、どうしたもんだろう。」と、大伍君がいった。

「この話は、どっちかあきらめねばならぬ、としたら、あたしは、田口さんの方だ、と思うわ。」

「やっぱり、そうかね。」

「そうよ。そして、この結婚が成立したら、これから入ってくる新入社員への戒め、になると思うわ。」

「新入社員への戒め？」

「新入社員たる者は、はじめの一年ぐらいは、いくら女事務員からチヤホヤされても、有頂天になってはいけない。いい例が、田口さんの結婚である、とね。」

「なるほど、桃子女史、なかなか、知恵があるね。」

「当り前だわ。」

「その知恵のあるところで、それなら、どうして田口君に観念させるか、考えて貰いたいのだよ。」

「あきれた。大伍さんの方が、余ッ程、悪知恵があるわよ。」

「いやいや、とても桃子女史にはおよばんよ。」と、大伍君は、謙遜してみせた。

桃子さんは、可愛い顔を傾けて、考えている。

そこへ、田口君がやってきた。それを見ると、桃子さんは、「ちょっと、田口さん。」と、大伍君に眼くばせしてから、田口君を事務室の外へ連れだしていった。

桃子さんは、十五分ほどして、帰ってきた。大伍君が、どうだったい、と聞くと、「すっかり、田口さんに憤られてしまったわ。睨みつけられたわ。でも、あたしは平気だったわ。」と、ケロッとした顔でいる。

桃子さんは、田口君を応接室へ連れていって、姉女房のよさ、を力説してやった、というのである。桃子さんの近所にもそんな夫婦がいるのだが、とてもうまくいっている。良人は、何か難《むず》かしいことが起ると、すべて姉女房にまかせて、のほほんと暮している。ところが、年上の奥さんは、そんな、ちょっとたよりない良人が可愛くて仕方がないらしく、一所懸命につくしている。甲斐甲斐しい世話女房振りである。理想的な夫婦になっている。

「だからね。」と、桃子さんがいった。

「田口さんみたいな男《ひと》には、国田さんのようなしっかりした年上の女が必要なのよ。あたし、きっと、うまくいくと思うわ。一生の幸運よ。」

田口君は、憤然としていった。

「バカな。誰が、あんな女と結婚するものか。姉女房なんて真《ま》ッ平《ぴら》だ。」

「それなら、それでいいのよ。あたしも大伍さんも、もう知らなくってよ。」

そういって、桃子さんは、あっさり引き返して来たのであった。

「だからね、大伍さん。あとは放っとけばいいのよ。あれだけ姉女房のよさを力説してあげたんだから、田口さんだって、そのうちにあきらめて、考え直すわよ。」

「そうだろうか。」

「そうよ。もう、あんまりひとごとばかり心配しないで、すこしは、自分のことも考えなさい。」

そのとき、田口君がムッとした顔で戻ってきた。それから二人の方を見て、不愉快げにそっぽを向いた。しばらくたって、田口君はメモに走り書きをして、大伍君の方へ抛ってよこした。

「もう頼みません。僕はこの大問題を、独力で解決する決心をしました。ただし、誰にも内証にしてください。」

その日、田口君は、午後から会社を出ていった。神戸の関係先へ、五万円を届けるためである。五万円の現金をカバンの中にいれて、用事が終ったら、会社へ戻らなくてもいい、と課長にいわれたのであった。

5

翌日は、土曜日であった。

大伍君は、明日の日曜日を、どうしたもんだろうか、と考えている。何気なく田口君の顔を見ると、やけに煙草を吹かしながら、じいっと考え込んでいる。きっと滋子さんのことで、苦悩しているのに違いない。

「可哀そうに。」と、大伍君は、同情した。

すると、滋子さんが入ってきた。

「はい。」と、いって、大形の部厚い封筒を、田口君の机の上にのせた。

「おお。」と、田口君が、いかにも感激したような声を出した。そこで、二人の眼が、上と下からピッタリと合った。滋子さんは、ニッコリした。田口君が、

「ありがとう！」と、いった。

「ううん、いいのよ。」

そうやさしくいってから、滋子さんは、チラッと大伍君の方を嬉しげに見て、足どりも軽やかに、事務室から出ていった。

大伍君も桃子さんも、二人の睦じげな様子に、呆然としていた。そんな二人を、こんどは田口君が見て、ニヤリと笑ったのであった。

しかし、あとで田口君が、何故に事態が急変したか、説明してくれた。

昨日、田口君が神戸へ行ったが、相手は留守で、五万円を渡すことが出来なかった。

大阪へ戻ったが、会社へ帰るには時刻が遅すぎる。映画を見たが、滋子さんとのことを思うと、映画は勿論、この人生そのものが面白くない。映画館を出てから、ちょっとだけ、やけ酒を飲んだ。

酒が入ると、いよいよ、滋子さんの態度が気に食わない。癪に触ってくる。

「よーし。」と、いう気になった。

今夜、これから滋子さんのアパートへ乗り込んでいって、強引に解決してしまおう、と決心した。

滋子さんは、西宮に住んでいる。そのアパートに、三カ月ぐらい前まで、田口君は、誘われるがままに、月に数回は泊まっているのであった。そして、何食わぬ顔で、そこから出勤してきたのであった。

ところが、田口君は、西宮で電車を降りて暗い道を歩いているとき、

「おい。」と、いきなり数名の暴漢に襲われたのである。

暴漢どもは、田口君の五万円の現金在中の鞄に手をかけた。勿論、田口君は抵抗したけれども、恐怖感が先に立っていた。ピシャッと頬っぺたを殴られ、苦もなく、鞄を奪われてしまった。しかも、一人は、

「警察へいったら、承知しないぞ。」

と、睨みつけ、別の一人が、

「こらッ、早く、あっちへ行ってしまえ！　シッ！」と、犬のように叱りつけた。

田口君は、自分でもよくわからぬ料簡《りようけん》から、夢中で滋子さんの部屋へ、ころがり込んだのである。

「大変だ、大変だ。」

「まア、どうなさったの！」

滋子さんは、おどろいて立ち上った。

田口君は、歯の根もあわぬくらいに、ガタガタふるえている。うわ言のように、

「ああ、五万円、五万円、どうしよう、どうしよう。」と、いっているのである。

やっと、真相を聞かされた滋子さんは、田口君の背中を撫ぜてやりながら、

「よかったわ、いのちに別条がなくて、あたし、ほんとうによかったわ。ねえ、五万円のことは心配しないで。あたしの貯金は、それくらいあってよ。」

「じゃア、貸してくれるかい？」

「まア、貸すなんて、おバカさんね。どうせ、二人はご夫婦になるんですもの。あたしのものは、みんな、あなたのものよ。だから、あなたは、もう、何んにも心配しないでいいのよ。」

田口君は思ったのである。

（ああ、これが桃子さんのいった姉女房の味なのかも知れない）

いつか、田口君は、滋子さんの膝枕で、横になっていた。とても、安心した気分であった。田口君は、滋子さんのお腹を撫ぜながら、

「ここに僕の子供が入ってんだねえ。」と、いったのである。

——田口君は、大伍君と桃子さんの顔を眺めながら、

「僕は、やっぱり、彼女と結婚することにしたよ。」

「よかった、よかった。」

「ほんまに、よかったわ。」

「いや、これも山吹さんが、姉女房のことを、その前に、僕にいってくれたからだよ。」

「もし、そうだとしたら、ケガの功名ね。」と、桃子さんはちょっと、頬をあからめた。

「明日の日曜日、僕たちは、神戸へいくことにしたよ。」と、田口君は、晴れ晴れとしていった。

6

翌日曜日、空は、カラリと晴れて、冬空にしては、陽がうららかで、暖かい。

大阪駅の中央改札口で、桃子さんは、大伍君を待っている。田口君たちに負けないように、二人で京都へ行こう、と約束したのであった。

午前九時に、大阪駅の改札口で待ち合わすことになっていた。切符を二枚買って、桃

子さんは、さっきから、ちょっと、いらいらしている。すでに、九時十分過ぎである。九時半になった。

「もしかしたら、東口の方に待っているのかも知れないわ。」

桃子さんは、急いで東口に行ってみたが、やはり、大伍君はいなかった。ひょっとしたら、忘れているのかも知れない。せっかく、楽しみにしていただけに、桃子さんは、ガッカリした。

「でも、あるいは、西口に……。」

そう思って、小走りに行ってみると、大伍君は、煙草を吹かしながら、郵便局の方を見ている。ホッとして、嬉しさがこみあげてくると同時に、腹が立ってきた。

「大伍さん！」

大伍君は、振り向いて、

「やア、遅かったな。」

「何をいってらっしゃるのよ。あたしは、八時四十分から、中央改札口にいたのよ。」

「ほう。僕は、ここへ九時きっちりに到着したんだ。」

「どうして、中央改札口の方へいらっしゃらなかったの。普通に改札口といったら、中央よ。でなかったら東。」

「そうかなア。しかし、僕の家からは、西口がいちばん便利だし、第一、利用者がすくなくていいんだ。とても、らくちんだよ。」

「相変らず、世話が焼けるのね。あたしは、国田さんみたいに年上じゃありませんから、今日は、あんまり世話を焼かせないようにして頂戴。」

しかし、大伍君は、一向に動じなかった。

「せっかく、年下の友達を持ったのに、そうガミガミいわれたくないね。」

「あら。」

「安心したまえ。ほら、切符だって、ちゃんと、二枚買っておいてやったよ。」

「まア。」

桃子さんは、大伍君が大威張りで出した手の上の二枚の切符を眺めながら、思わず笑いだしてしまった。

第十話　恋の審判

1

新大阪産業株式会社の参事室には、福井さんと石川さんが、机を向かいあわせている。二人とも、五十歳を過ぎた、もう停年に間近いお年寄であった。

参事というのは、待遇こそ、課長相当であるが、いわば閑職である。重役の特命による経済事情の調査をすることになっているのだが、それは一種の美辞麗句に過ぎないことは、誰よりも、参事室にいれられた御当人たちが、いちばんよく知っていた。年齢からいって、平社員にしておくのも具合いが悪いが、課長にしてやる程のこともない。だから、会社当局の親ごころによる、停年までの姥捨役《うばすてやく》であった。いったん、参事室にいれられたら、先ず、サラリーマンとしての先が見えてしまった、と考えても差支えがない。

しかし、それだからといって、参事にされる社員を、無能であるため、と思ってはならない。勿論、無能の故に、そうなる社員もあるが、多くは、有能であるにもかかわらず、重役と喧嘩したり、同僚と協調しなかったり、要するに、性格が狷介《けんかい》なために毛嫌いされて、と見るべきなのである。

福井さんと石川さんも、その例に洩れない。二人とも、現在の重役たちの力量手腕を、鼻であしらっている。二人とも、先年、奥さんを失っている。もし、二人の違いといえば、福井さんは、禿頭の背の高い男であるが、石川さんの方は、五尺二寸、頭髪も黒黒としていることとであった。

ある日の午後、参事室の電話のベルが鳴った。電話は向かい合った二人の机の、ちょうど真ン中にあった。

そのとき、福井さんは、机の上に右脚をのせながら、新聞を読んでいた。石川さんは、すぐ横の窓に左脚をのせながら、経済雑誌を読んでいた。しかし、どちらも、電話のベルが鳴っているのに、知らん顔をしている。

ベルは、けたたましく、鳴り続ける。凡そ、三十秒も鳴った頃、福井さんがたまりかねたようにいった。

「おい、電話が鳴っているのにわからんのか。」

石川さんは泰然として答える。

「わかっているよ。」

「それなら、早く聞いたらどうだ。うるさいではないか。」

「うるさかったら、君が聞いたらよかろう。」

「俺にかかって来たのなら聞くが、この電話は、俺ではない。君にかかってきたのである。」

「どうしてって、俺にかかって来たのだ、ということがわかるんだ。」

「いや、俺の直感では、君にかかってきた電話である。」

「何を。」

そこで、二人は、はじめて、ぐっと、睨み合う姿勢になった。

ついでながら、参事室には、給仕が配属されているのだが、昨日から風邪を引いて、欠勤していた。

リリリリリン。リリリリリン。

ベルは、いぜんとして、しつこく鳴り続けている。

「よし、ジャンケンで、どっちが、この電話を聞くか決めよう。」と、福井さんがいった。

「ふん、負けるもんか。」と、石川さんが答えた。

そこで、五十歳を過ぎた二人は、真剣な顔つきで、一の二の、ヤッ、と気合いをかけて、手をつき出した。

福井さんがグウで、石川さんがパアであった。

「それみろ。」

石川さんの会心の笑みを、福井さんは、癪に触って、たまらんように睨みつけてから、やっと送受話器を取り上げた。しかし、それを耳にあてるや否や、

「いないよ。」と、ガチャッと電話を切ってしまった。

石川さんは、顔色を変えた。自分にかかって来た電話に違いない。それを、無断で切るとは、実に言語道断である。しかし、それを詰問したら、ヘソ曲りな福井さんのことだから、だから、はじめから、俺の直感で、君にかかって来たのだ、といったではないか、ぐらいの逆襲をしてくるかも知れない。それもいまいましい。石川さんは、ならぬ堪忍をする男のように、ぐっと口許を噛みしめて我慢した。しかし、福井さんは、そんな石川さんの姿を見て、ふふんと、せせら笑っただけである。

二人は、ふたたび、もとの姿勢に戻った。部屋の中が、しいんと静まり返った。どちらも、活字を眼で追っているつもりだろうが、いったい、何が書いてあるのやら、意識していないに違いない。頭がカッカッと燃え上っているのである。しぜん、二人の間には、不穏で不気味な沈黙が続けられていた。

そのとき、またしても、けたたましく、電話のベルが鳴りはじめた。

同時に、二人の眉が、ピクッと動いた。しかし、こんどはどちらも、強情に口を出さなかった。こうなったら、先に何かいった方が負けだ、と思っている。

十秒、二十秒、三十秒……。

そのとき、扉が開いた。入って来たのは、総務課の桜井大伍君であった。

2

大伍君は、この様子に、驚いたようにいった。

「電話が鳴っているのに、いったい、どうしたんですか？」

二人は、大伍君を見ると、流石《さすが》に、ホッとしたようであった。

「おお、桜井君か。」

「うん、大伍青年か。」

しかし、大伍君が大急ぎで、送受話器を取り上げようとすると、二人は、

「待ち給え、桜井君。」

「いかん、大伍君。」と、同時にいった。

大伍君は、間誤《まご》ついている。その間に、電話のベルが、やっと、鳴りやんだ。

「ねえ、いったい、どうしたんですか？」

実は、大伍君は、この部屋に用事があって来たのではない。廊下を通ったら、部屋の中から、電話のベルの音が聞えてきた。ちょっと、行き過ぎたところで、別な用事を思い出したので、総務課の部屋へ引き返しかけた。ところが、相変らず、参事室の中で、電話のベルが鳴っている。勿論放っておいても、どうということはないのだが、そこは多少、おせっかいな大伍君の性分である。ノックもしないで、飛び込んで来たのであった。

「うん、桜井君。今の電話は、そこの人物にかかって来たのだから、俺は、知らん顔をしていただけである。」と、福井さんがいった。

「いや、大伍君よ。今の電話は、そちらの人物にかかって来たのだ。したがって、わが輩は、そちらの人物の給仕ではない証拠に、放っておいたのだ。」と、石川さんは、負けていなかった。

大伍君は、あきれたように、二人の顔を、等分に見くらべていたが、話の途中から、笑いだしてしまった。

「それじゃア、福井さんも石川さんも、いい年をしながら、まるで、子供が喧嘩をしているようじゃアありませんか？」

「子供とは何をいうか。」

「大人の喧嘩である。」

「バカバカしい。ちょっと、腕をのばせばすむのに、いったい、どうして急に、そんなに仲が悪くなったんですか。」

「俺は、その人物の顔を見るのも嫌になったんだ。」

「わが輩とても同様である。」

「だから、その原因を聞いているんですよ。」

福井さんと石川さんは、そのとき、どちらも何んとなく苦笑したようであった。大伍君は、それを見逃さなかった。どうも、あまりパッとした原因ではないらしい、と睨んだ。そこで、重ねて、追究してみようと思ったとき、またしても、電話のベルが、鳴りはじめた。

大伍君は、すぐに、送受話器を取り上げた。

「もしもし、ここは参事室ですが。えッ？　立花家の花子さんですか？」

すると、そのとき、福井さんと石川さんは、急に両方から腕をのばして来た。

「桜井君。それは俺にかかってきた電話に間違いないよ。」

「いや、わが輩である。早く、それをよこし給え。」

大伍君は、びっくりして、二人の顔を眺めた。二人とも真剣な顔つきである。余ッ程、立花家の花子さんの電話に出たいようであった。しかも、二人は競争意識に燃えていることは、一目瞭然である。

大伍君は二人の喧嘩の原因が、奈辺にあるか、どうやら、のみ込めたような気がしてきた。こうなると、うっかり、この電話を渡せない。

そこで、

「もしもし、参事室のどなたにお電話ですか?」と、聞いてみた。

「そうねえ。」と、花子さんは、ちょっと、考えてから、

「福井さんも石川さんも、そこにいらっしゃるんですか?」

「そうですよ。」

「まア、二人がいっしょとは、何んて間が悪いんでしょう。ねえ、あなたは、いったい、誰なの。」

「総務課の桜井大伍です。」

「ふーん。あたしは、福井さんでも石川さんでもかまわないのよ。だから、どっちかを早く電話口に出して頂戴。あなたに、まかせるわ。」

大伍君は、花子さんのいい加減ないいかたに腹を立てた。福井さんも石川さんも、こんなに真剣になっているのに、どうも怪しからん女である。それに、もし、大伍君のはからいで、この電話を福井さんに渡せば、石川さんに気の毒だし、逆にすれば、福井さんに悪い。大伍君は、決心した。

「お気の毒ですが、二人とも、急にお席にいられなくなりました。さよう、社長の急用

のためです。どうかあしからず。」

そういって、大伍君は、ガチャンと送受話器をかけてしまった。

「おい、どうしたんだ、桜井君。」

「わが輩は、ちゃんと、ここにいるではないか、大伍君。」

二人は、いかにも情ないような顔で、大伍君を責めた。

大伍君は、ニヤッとして、

「立花家の花子さんは、どちらでもいいとおっしゃいました。だから、僕は、どちらでもいいような電話なら、どうでもいい、と思ったんです。」

「いや、そんなはずがない。花子は、たしかに、俺に電話をかけたかったのだ。そうに違いない。ああ、可哀そうなことをした。」と、福井さんがいった。

「何を、寝言みたいなことをいうとるか。花子は、断然、わが輩である。そもそも、花子は、昔からわが輩に惚れていた。それを君があとから現われて、横恋慕をしたのである。横恋慕とは、卑怯未練ではないか。」と、石川さんがいった。

大伍君は、笑いだした。

「こら、笑いごとではないのであるぞ。」

「そうだとも。」

珍らしく、二人の意見は、一致した。

3

しばらくたって、大伍君は、自分の席にかえった。早速、低い声で、山吹桃子さんに、借金の申し込みにかかった。

「ねえ、まいどで汗顔のいたりだが、今日は二千円ほど貸して貰いたい。」

「まア、二千円も？」

「うん、僕も千五百円ほど持っているのだが、今夜は、ちょっと余計にいるかも知れないので、頼むんだ。」

「今夜、何かあるの？」

「実は……。」と、大伍君は、おせっかいにも、電話のベルの音を聞いて、参事室に飛び込んだばかりに、恋の審判官役をつとめなければならなくなった運の悪さを話した。

立花家というのは、ナンバ駅に近いところにある小料理屋であった。石川さんは、前前から、立花家をヒイキにしていた。いや、立花家よりも、立花家の女中の花子さんをヒイキにしていたのである。何故なら、立花家は、値段も世間並、酒も料理も無特色であったが、女中の花子さんのサービス振りだけは、嫋嫋《じょうじょう》たるものがあったからである。先年、奥さんに死なれてから、石川さんは、淋しくてしかたがなかった。そういう石川さんの淋しさをいちばん理解してくれたのは、子供たちでなくて、花子さんであったのである。石川さんは、そろそろ、自分の人生も終りに近い、と思っていた。その年頃になって、花子さんに惚れたのである。いや、惚れたばかりでなく、惚れられもしたのである。いやいや、先ず、花子さんに惚れられて、それから、石川さんの方が惚れ返したのかも知れない。勿論、石川さんは、花子さんと結婚しようなどとは、思っていなかった。しかし、花子さんと惚れたり惚れられたりしているだけで、この終末に近づきつつある人生にパッと花が咲いたようで、楽しかった。会社では不遇だが、花子さんといれば、それも忘れられた。石川さんにとって、花子さんは、掌中の花のように、大切な女であった。この掌中の花は、ときどき、大酒を飲んで、石川さんにからむことがあるが、しかし、それとても、酔いが醒めてから後悔する風情に、そこはかとない味があって、悪くない、と思っていた。

花子さんは、二十八歳で、戦争未亡人だ、と自称していた。尤も、石川さんは、二十八歳というのは、五年前のことであろう、と密《ひそ》かに考えている。

今から思うと、その花子さんを、福井さんに見せたのは、一世一代の不覚であった。福井さんは、石川さんの心中をよく知っているくせに、一目で、花子さんに夢中になってしまった。

「死んだ女房にそっくりなんだ。ああ！」と、福井さんは、感激したのである。

石川さんは、しまった、と思い、それから面白くなかった。しかも、その後、福井さんは勝手に一人で、花子さんの許へ、しげしげと通いはじめた。二人が偶然に顔をあわせて、嫌な思いをしたことも何度かあった。しかし、石川さんは、じいっと我慢して来たのである。ところが、ついに、我慢できないことが起ってしまった。

昨日のことである。

石川さんが、立花家の二階座敷で、酒を飲んでいた。花子さんは、はじめにちょっと顔を出してくれたが、

「ねえ、いそがしいのよ。だから、ちょっとだけ、ひとりでいてね。そのかわり、あとで二人でゆっくり……。いいでしょう?」と、なまめかしく流し見て、その部屋から出ていった。

以後、三十分有余、石川さんは、ひとりで放っとかれているのであった。何んとなく面白くなかったが、ほかの客が帰ったあとで、ゆっくりたのしめばいいと、おとなしくしていた。どうやら、襖越しの隣室にも、客が来ているようである。はじめは、ヒソヒソ声で話していたが、次第に、大声になってきた。石川さんは、無聊《ぶりょう》に苦しんでいたところだから、しぜんに耳を傾けるようになった。

「なア、この際、思い切って、俺と結婚しようではないか。なア、頼むから、その気になってくれ。勿論、万事、悪いようにはしないつもりだ。」

そんな声を聞いたとき、石川さんは、おや、と思ってしまった。たしかに、それは福

井さんの声である。すると、福井さんの口説いている相手は、花子さんに違いない。石川さんは、ドキンとした。それから、ムラムラと嫉妬の焔を燃え上らしてしまった。

「お気持、とても嬉しいわ。」と、花子さんがいっている。

(畜生ッ)

石川さんは、心の中で、唸った。

「でも、そんなことをしたら、あたし、石川さんに悪いわ。」

こんどは、石川さんも、

(当り前である)

と、口の中でいって、ちょっと、気をよくした。

石川さんは、自分を正真正銘の紳士だと信じている。しかしそのときばかりは、どうしても襖の隙間から覗いて見る、という非紳士的な行動を取らざるを得なかった。自分ながら、浅間しい、と思わぬではなかったが、このまま憤然として、席を蹴って帰るような勇ましい気持にはなれなかったのである。

覗いて見ると、驚いたことには、福井さんは、花子さんの背中を、うしろから抱き緊《し》めているのであった。石川さんと雖も、花子さんに対しては、そんな大胆な真似をしたことはない。したい、と思ったことは、たびたびであったが、どうにも実行できなかった。それを自分より後から花子さんと馴染みになった福井さんが、厚かましくも、いと心やすげに実行しているのだ。花子さんは、実行されている。

(ああ、何んということだ！)

石川さんは、危うく、逆上しそうになった。

そのとき、福井さんがいった。

「石川が何んだ。あんな男に、君と結婚しようというほどの度胸があるもんか。その点、俺の気持とくらべて、雲泥の差だ。」

「そうかしら？」

「そうだとも。」

ここにいたって、石川さんは、ついに怒鳴ってしまったのである。

「バ、バカな。わ、わが輩だって、そ、それほどの気はあるぞ！」

そして、襖をさっと開いたのであった。

「あッ。」と、狼狽したのは、福井さんであった。

しかし、花子さんの方は、それ程、狼狽した素振りでもなく、石川さんにニッコリ笑って、するっと、部屋から出ていってしまった。

石川さんと福井さんは、睨み合った。

「他人の部屋に無断侵入とは、無礼ではないか！」と、福井さんがいった。

「ひとの女を横取りしようなんて、卑怯ではないか！」と、石川さんがいった。

「何を！」

「何を！」

しかし、どちらも、うまくあとの言葉が続かない。黙ったままで、向かい合っている。

花子さんは、そのまま、戻ってこなかった。

「とにかく、今夜は、このまま帰ろう。」

「うん、そうしよう。」

その点で、意見の一致を見た。二人は別別に勘定を払って、外に出た。そして、そのまま右と左に、失敬、ともいわないで、プッと別れてしまったのであった。

そして、今日は、朝から、無言の対立を続けていたのである。今や、どっちも男の意地を立てていることは、明白であった……。

「……と、いうわけで、今夜は、三人で立花家へ行くことになったのだ。」と、大伍君が桃子さんにいっている。

「あたし、あきれて、モノがいえないくらいだわ。それで、どうするの。」

「僕が、花子さんの、石川さんと福井さんに対する態度を見て、どちらに多く好意を持っているか、審判官の役をつとめるんだ。」

「そんな役が、大伍さんに出来て？」

「うん、多分……。」

「あたしには信じられないくらいだわ。だって、大伍さんに女性心理の洞察なんて、出来るもんですか。」

もし、出来るのであったら、とうに桃子さんに恋の囁きぐらいしそうなものなのに、この唐変木《とうへんぼく》は、借金の申し込みばかりをしてくる。

「いや、いや。」と、大伍君は、この際、敢て、桃子さんにさからわない方針のようである。

とにかく、石川さんも福井さんも、審判官である大伍君の判定によって、今後、どちらか一人が、花子さんから手を引く、と固く誓ったのであった。

勿論、今夜の費用は、割カンである。大伍君の分は、二人で持つという話であったが、大伍君は、審判の公平を期して、自分も割カンでいきたいと主張し、それが受けいれられたのである。

桃子さんは、今更ながら、つくづくと大伍君の顔を眺めて、

「大伍さんて、物好きねえ。では、いつもの借用証を書いて頂戴。」

「ありがとう。やっぱり、桃子女史は、話せる。」

「放っといて頂戴。」

桃子さんは、ちょっと、ふくれて見せた。

4

その夜、三人は立花家に出かけていった。そこは、大伍君の予想していたよりも、小綺麗な店であった。そして、問題の花子さんは、十人並の美しさであった。花子さんは、昨夜の今夜、福井さんと石川さんが揃ってやって来たのを見ても、別に、良心の呵責《かしやく》を感じている風でなかった。

「まア、お揃いで来てくださったのね。あたし、とても嬉しいわ。」

それから、大伍君の名を聞くと、

「あら、そうなの。あなたの電話の声は、とても素敵よ。男性的なバスだったわ。」と、ぬけぬけといった。

どうも、すこし、厚顔無恥なのではないかと、大伍君は、気になった。しかし、人柄はそれほど悪そうでなかった。割合に清潔なお色気もある。

二階へ案内されて、すぐに酒を飲みはじめた。今夜はそれほど多忙ではないのか、花子さんは、そばにいてくれる。福井さんも石川さんも、お互に牽制しあうように、相手の出かたを警戒していた。

石川さんが、花子さんに、盃を出して、

「さア、いっぱい、どうだね。」

　すると、福井さんも、間髪をいれぬ素速さで、

「さア、いっぱい、どうだね。」

と、花子さんの目の先に、盃をつきつけた。大伍君は、注目した。どっちの盃を先に受けるかで、花子さんの心の中を臆測するつもりである。しかし、花子さんは、いかにも嬉しそうに、

「まア、これが両手に花ね。」と、両手でいっぺんに、盃を持って、二人にお酌をして貰った。

　しだいに酒がまわってくると、いくら、むっつりとしているつもりでも、福井さんと石川さんは、陽気になってくる。しかも、一人が花子さんに何か話しかけると、また一人が負けていない。そして、花子さんは、二人に対して、殆んど平均に愛想がよかった。大伍君には、甲乙の判断がつけられないくらいである。

　花子さんは、三味線を持って来た。

「さア、もっと今夜は、陽気にやりましょうよ。」

「よし。」と、福井さんがいって、即座に、どどいつを唄いはじめた。ちょっとした唄い振りである。先を越された石川さんは、いまいましげであった。

「とても、うまいわ。あたしは、三味線を弾きながら、惚れぼれしたわ。」

　花子さんは、実際に、そんな惚れぼれした顔を、福井さんに向けた。福井さんは、え

へん、と咳払《せき》いをして、得意そうに大伍君の方を見た。石川さんは、何を、という顔で、

「では、わが輩は、梅は咲いたか、を唄うことにする。」

福井さんは、フン、といった表情である。ところが、石川さんが唄い終ると、

「あら、うまいわ。あたしは、うっとりしたわ。」と、花子さんは、うっとりした顔を、石川さんに向けた。

こんどは、石川さんが、えへん、と咳払いをした。よく見ておいてくれよ、といわんばかりに、大伍君の方を見た。

大伍君は、漸く、困惑して来た。これでは、いつまでたっても、判定の下しようがない。どうやら、花子さんは、こっちの魂胆を察していて、先手《せんて》を打っているらしい形跡がある。憎らしい、といわねばならぬ。

大伍君が便所に立つと、あとから、石川さんが追って来た。

「おい、大伍君。勿論、わが輩の方が有利であろうな。」

「いや、目下、五分と五分ですよ。」

「そうかなア。しかし、よろしく頼む。勿論、魚心に水心、大いに恩に着るつもりである。」

「石川さん。」

「何かね。」

「もし、石川さんの方だ、と僕がいったら、本当に結婚される気ですか？」

「結婚は困る。」

「そうでしょうねえ。」

「しかし、福井には負けたくない。そうだ、絶対に負けたくないのである。だが、浮気ぐらいなら悪くない。」

「わかりました。」

「よろしく、頼んだぞ。」

石川さんは、座敷の方が気になるのか、大急ぎで戻っていった。大伍君が便所から出てくると、こんどは、福井さんが待っていた。そして、大伍君は、福井さんの心の中も、だいたい石川さんと似たり寄ったりであることを確かめた。福井さんも、早早に座敷の方へ引き返していった。

しかし、大伍君は、思った。

（たかが、浮気の相手としても、福井さんや石川さんが熱をいれるほどの女ではない。ましていい年寄が、あんな女のために口も利かんとは、いったい、何んたる醜態ぞ！）

大伍君がゆっくり座敷へ戻っていくと、花子さんと廊下でパッタリ会った。

「花子さん。」

「あら、何アに？」

「聞きたいことがあるんだ。君は、福井さんと石川さんとどっちが好きだい？」

「どっちもよ。」

「どっちもでは困るんだ。どっちか一方にきめてくれよ。」

「そんなこと無理よ。」

「無理でも何んでも頼む。」

「嫌よ。でも、三人の中でなら、あんたがいちばん好きよ。だって、若いんですもの。ねえ、こんど、いっぺん、ひとりで来てよ。うんとサービスをするわ。あたしは、年寄より若い人の方が好きよ。」

「そうか、わかった、わかった。」

大伍君が座敷へ戻ると、石川さんと福井さんは、妙に浮かぬ顔をしていた。

「おや、どうされたんですか？」と、大伍君がいった。

5

翌日は土曜日であった。

「……と、いうわけでね、僕も酔っていたし、花子さんも酔っていたので、つい廊下での立話を、大きな声でやったんだな。それが、石川さんと福井さんに聞えてしまったのだよ。」と、大伍君が、桃子さんに話している。

石川さんも福井さんも、流石《さすが》に良識のある紳士であった。花子さんの正体がわかると、迷いの夢もいっぺんに醒めてしまった。醒めてみれば、バカらしくなってくる。

「大伍君よ、もう、何もいわなくてもいいよ。要するに、年甲斐もないことであった。」

「うん、同感だ。」と、二人は、それぞれいって、今更のように顔を見あわせて苦笑したのであった。

「よかったわねえ。」と、桃子さんがいった。

「うん、ケガの功名みたいなもんだ。」

「でも、いちばん得《とく》をしたのは、大伍さんらしいわ。」

「僕は、何んにも得をしていないよ。ちゃんと割カンの二千円も払ったんだ。」

「でも、花子さんに好かれたりして。」

「バカな。」

「ねえ、そのうちに、ひとりでいくんでしょう？　うんとサービスをして貰えるわよ。」

「冗談でしょう。僕は、あんな女は、真ッ平だよ。」

「ほんとうに？」

「勿論。」

「ほんとう？」

「くどいではないか？」

「あら、叱られたわ。」

しかし、叱られて、桃子さんは、却って、嬉しげであった。

「ところでね、僕は、福井さんと石川さんが、気の毒でならないんだよ。」

「どうして？」

「二人とも奥さんがないだろう。だから、きっと、淋しくてならないんだよ。淋しさのあまりバカバカしいと知りつつも、花子さんを好きになって、その淋しさをゴマ化そうとしていたに違いないよ。はじめから本気でなかったのだ。でも、女に惚れられている、と思うだけでも、きっと、仄仄《ほのぼの》とした楽しさがあったろうよ。会社では不遇だし、せめて、そんなことででも、生きている淋しさを紛らわせていたかったのだ。それを僕が出しゃばったために、せっかくの夢を無残にこわしてしまって、却って、気の毒なことをしたような気がしてならないんだ。」

と、大伍君は、しんみりとした口調でいった。

「まア、大伍さんも、案外、思いやりがあるのね。」

「当り前だ。本来、僕は、そういう男なんだ。特に、淋しがり屋には、同情する癖があるんだよ。」

「えらいわ。」と、桃子さんがいって、

「そんなら、明日の日曜日にね、石川さんと福井さんを、どこかへ連れていってあげたらどうかしら？　あたしもいっしょに行ってもいいわよ。」

「それはいいかも知れない。何処へ行こうか？」

「宝塚なんか、どうかしら？　あんなところは、年寄の人は、めったに行かないものよ。だから連れていって、若くて華やかな雰囲気にひたらせてあげるのよ。」

「名案だ。でも、軍資金があるかい？」

「だいじょうぶよ。あたしに、まかせといて頂戴。」

桃子さんは、ポンと胸を叩いて見せた。

「よし。」

大伍君は、すぐに参事室へ出かけていった。そして、十分ほどすると、大ニコニコ顔で、戻ってきた。

「僕と君とで、昨夜の慰安会に宝塚へご案内したいのですが、といったらね、すっかり、喜んで貰えたよ。」

「よかったわね。」

「石川さんなんか、何、桃子さんもいっしょにいってくれるのか、それは嬉しいねえ、とホロッとしたような顔をしていられたよ。」

それを聞くと、桃子さんも、何んとなしにホロッとした気分になってくる。大伍君は、そんな桃子さんを見ながら、福井さんに、

「あの娘はとてもいい奥さんになるよ。わしは昔からそう睨んでいた。桜井君や、早く、結婚した方がいいよ。」と、いわれたことを、白状したものかどうか、迷っていた。

第十一話　恋とスリル

1

「やア、おめでとう。」

「おめでとう。しかし、よかったなア。」

と、みんなから祝福されているのは、総務課の山崎良助君であった。

山崎君もまた、満面にこぼれそうな笑みを浮べて、

「ありがとう、ありがとう。」と、いって、更に、桜井大伍君に対しては、わざわざ、感激的な握手をして、

「何んといっても、君のお陰だよ。いうなれば、オール感謝である。」

大伍君は、満更《まんざら》でない顔で、

「いやいや、要するに、君と菅原和子《かずこ》さんの愛情の熱烈さの勝利だね。あの熱烈さは、われわれも、大いに範とすべきだ、と思っているんだよ。」と、一応の謙遜をして見せ

た。

　そこへ、山吹桃子さんがニコニコ顔で入ってきた。

「いま、女子更衣室へいったらね。」と、大伍君に話しかける。

「みんな、和子さんの周囲に集まって、よかったわ、おめでとう、といってるのよ。」

「そうかねえ。」

「和子さんたら、今にも、とろけそうな顔をしていたわ。あんなにも、嬉しいものかしら？」

「そりゃア！」

「あら、そんなわかったような顔をして、大伍さんに、経験があるの？」

「いや、ないさ。あるはずがないじゃアないか。あったら、今頃まで、独身でいるもんか。」

「それもそうね。じゃア、単なる空想というわけね。」

「まア、そうだ。」

　桃子さんは、何んとなく、安心したらしい顔である。

「でも、こんどのことは、大伍さんがあんなに一所懸命になったからだわね。」

「そうかも知れん。」

大伍君も、相手が桃子さんだと、山崎君に対するような謙遜はしないのである。その顔を眺めながら、桃子さんは、思った。

（このひとは、ひとのことにばかり熱心に世話を焼いて、いったい、いつになったら、自分のことを考えてみるつもりかしら？）

2

話をすこしさかのぼらせねばならない。

山崎君と和子さんが、相思相愛の仲であることを、新大阪産業株式会社で知らぬ者は、一人もない、といってよかった。それほど、二人の態度は、よくいえば、正正堂堂、悪くいえば、厚かましかった。

たとえばである。和子さんが、総務課へ何かの書類を持ってくる。用事が終っても、決して、すぐには帰らない。かならず、山崎君の横へ寄っていって、

「良助さん。」と、いう。

「和ちゃん。」と、山崎君が答える。

勿論、周囲の連中は、阿呆らしい。しかし、山崎君も和子さんも、一向に平気である。

「ねえ、今日、いっしょに帰らない？」

「ああ、いいとも。」

「そして、映画に連れてって。」

「ああ、いいとも。」

「嬉しい。だから、あたし、良助さんが、大好きよ。いちばん、大好きだわ。」

「僕だって、和ちゃん。」

「じゃア、指きり。」

「うん。」

こういうのを、厚顔無恥と評するのかも知れない。たまりかねて、大伍君がいったことがある。

「おい、神聖な事務室で、いい加減にしろ。」

「あら、恋愛だって神聖よ。」

「何？」

「神聖な事務室で、神聖な恋愛を語って、どうしていけないのよ、桜井さん。」

「要するに、目障りでたまらんのである。」

「あら、ヤキモチ？」

「バカ。早く、帰れ。」

「ふッふッふ。」と、和子さんは、嬉しそうな含み笑いを残して、総務課から出ていった。

大伍君は、してやられたような気がした。

「なア、山崎君。」

「何んだ。」

「頼むから、君たちは、一日も早く結婚してくれ。そうなったら、菅原君の方は、会社を辞《や》めてくれるだろうし、われわれも余計なシゲキを受けないで、救《たす》かるのだよ。」

「勿論、僕も、一日も早く結婚したい、と思ってるんだが。」と、いって、山崎君は、ふっと、顔色を曇らせた。

（おや、何か、あるらしいぞ）

と、大伍君は思ったが、敢て、それ以上のことは聞かなかった。

ところが、それから二週間ほどして、おだやかならぬ噂が、社内にひろがった。

それは、山崎君と和子さんの結婚を、二人の両親がどうしても許可しない。それで、二人は、心中するかも知れない、というのであった。いや、心中の一歩手前まで行って、危うく、踏みとどまった、ということらしかった。

そういえば、近頃山崎君の顔色は、一向に冴えぬようだ。何か、鬱鬱としているようである。和子さんとて、同様であった。

こうなると、大伍君としては、それを黙って見ていられない。ある日、山崎君を応接室に呼んで、真相を聞いてみた。すると、二人の両親が、結婚の許可をしない、というのは、やっぱり、本当であった。

「いったい、どうして、許さん、というのかね。」

「それはだな、具合いの悪いことには、僕も和ちゃんも、一人ッ子なんだ。だから、結婚すると、どっちか一方の家が断絶することになるから、絶対にいけない、というんだよ。」

「しかし、それなら、君たちの子供の一人を、一方の家のあと継ぎにすればいいではないか。」

「でも、子供が二人出来ればいいけれども、もし、僕たちのように、やっぱり、一人ッ子だったら、やっぱり、どっちか一方の家が断絶の憂目にあわなければならん。それでは、ご先祖様に対して申訳ない、という理屈なんだよ。」

山崎君は、すっかり、悄気《しょげ》返っている。大伍君は、そんな山崎君の心の中を思い、可哀そうになった。

「念のために聞くが、君たちは、心中をはかった、というのは本当か？」

「本当なんだ。」

「今頃の若い者が、そんな弱気で、いったい、どうするんだ。どういう心中をはかったのだ。」

「この間、二人で、中之島公園へ行ったんだよ。春雨のしとしとと降る夜だった。」

「それで？」

「二人でいろいろ話しているうちに、この世の中が味気なくなって、いっそう、この河の中に飛び込もう、と相談した。」

「本当に飛び込んだのか？」

「いいや。やめたよ。」

「何んで、飛び込まなかったんだ？」

「だって、いかにも水が冷めたそうだったからなア。」

「意気地のない奴だ。」

「おや、君は、僕たちに心中をしろ、というのかい？」

「いや、要するに、勇気の問題だ。どうだ、この際、心中はうっかりすると生命に関するから、もっと安全な方法、即ち、駆落ちをしたらどうだ？　きっと、君たちの両親が吃驚《びっくり》して、許可するよ。」

「駆落ちかい？」と、山崎君は、それ程、駆落ち説に賛成でないらしい口吻《くちぶり》である。

「そうだよ。東京へでも駆落ちしろ。なア、行けよ。」

「しかし、そんな真似をしたら、会社を馘《くび》になるだろう？」

「なってもいいではないか。灼熱の恋のためには、馘ぐらい何んだ！」

「しかし、馘になったら、今後、二人は、どうして食べていくのだ。それを教えてくれ。それとも、君が毎月、僕たちの生活費を送ってくれるかい？」

「それは困る。」

「そんなら、僕だって困るよ。桜井君、君はいったい、僕たちの恋愛をどうしてくれるつもりなんだ。」と、山崎君は詰めよるようにいった。

大伍君も、詰めよられて、どうも、おかしな具合いだ、と思った。こんなはずではなかった。いつの間にか、主客顚倒である。大伍君は、苦笑を洩らした。ひとごとだと思って、勝手の熱を吹き過ぎた罰のようである。

結局、いつものように、

「よし、僕にまかせとけ。悪いようにはしないつもりだ。」

「では、頼んだぞ。」

「要するに、二人は、結婚できたらいいのだろう。」

「そうなんだ。」と、山崎君は、すっかり安心したようであった。

3

「ひどい目にあったよ。」と、大伍君は、自分の席に帰って、桃子さんに、一部始終を話した。

「また、出しゃばったのね。」

「そういうことになるなア。」

「いったい、どうするつもりなの。」

「わからんよ。君、何んとか、してくれないか？　恩にきるよ。」

「ごめんだわ。」と、桃子さんは、あっさり、辞退した。

「そうか。では、仕方がないよ。僕は自業自得だから、いっぺん、山崎君の両親に会って、よく話してみるよ。」

「自信があって？」

「ないよ。まるきり、ないのだ。」

「可哀そうに。」

「君、いっしょにいってくれないか？」

「嫌よ。」

「そうか、嫌か……。」

大伍君は、煙草を吹かしはじめた。困り切っているような横顔である。それを見ていると、桃子さんも可哀そうになって来るのであった。

やがて、桃子さんは、紙の上に、何か、書きはじめた。それを、大伍君の目の前につきつけて、

「ねえ、これ、どうお？」と、いって、ニヤッと笑った。

「うん？」と、大伍君が読みはじめた。

御　願

私たちは
山崎良助氏と菅原和子さんが結婚されることを、お二人にとって、最大の幸福であると信じます。

お二人は、理想的な良人となり、理想的な妻となり、そして、理想的な新家庭を築き上げられるに違いない、と信じます。お二人の仲の良さは、社内でも模範的であり、また、羨望の的でありました。

どうか、お二人を結婚させて上げて下さい。心からお願い申し上げます。

昭和二十八年〇月〇日

「これは、何んだい？」

「これに、私たちが署名して、山崎さんと和子さんのご両親に見せるのよ。」

「ふーむ。君は、なかなか、知恵があるね。」

「あたり前よ。なるべく、たくさんの署名があった方が、効果的よ。そして、それを持っていって、これこの通りでございますから、と大伍さんが平伏したらいいのよ。」

「なるほど。」

「向こうさまが、うん、とおっしゃるまで、平伏していなければダメよ。何ごとも、ネバリが肝心《かんじん》よ。」

「よし、わかった。」と、大伍君も、決心がついた。

そこで、早速、大伍君は、男子社員の、桃子さんは、女子社員の署名集めにかかった。尤も、重役や課長へ頼むのは遠慮した。何故なら、とかく、重役とか課長となると、すぐ、自分の責任問題を考えて、ユーモアを解することはめったにないからである。

たいていの社員たちは、喜んで署名してくれた。中には、

「これがうまくいったら、以後、見せつけられる心配がなくなってたすかるよ。」と、いう者もあったし、また、

「よし、僕の時も、このテでいこう。」と、今から期待する独身社員もあった。

「大伍さん、その時は、よろしく頼みますよ。」

「バカいえ。もう、俺は知らん。こんどは、俺以外の、もっとオッチョコチョイな男に頼め。」と、大伍君は、苦笑をしている。

女子社員の中には、

「あたし、どうかと思うわ。だって、あんなのを理想的な良人、理想的な妻、というなんて、ほめ過ぎよ。」

「ううん。可能性の問題よ。」

「いくら、可能性の問題にしてもよ。」

「じゃア、署名してくれないの？」

「するわよ。だって、署名したって、別に、あたしが損をするわけじゃないんでしょう？　そんなら、あたしは、平気よ。」

結局、署名は、百二十五人に達した。したがって、山崎君と和子さんの結婚問題は、社内を沸騰させたのである。

それを持って、大伍君は、山崎君の家に出かけた。まさに、衆望をになっていったわけである。

「これ、この通りでございます。どうか、よろしく、お願いします。」

大伍君は、百二十五人の署名書を、山崎君のお父さんの前に置いて、桃子さんからいわれた通り、平伏した。

「ほう。」

山崎君のお父さんも、流石《さすが》におどろいていた。そして、一人一人の署名を、じいっと見つめていった。その顔は、しだいに、深刻になって来る。

「そうでしたか！」と、唸るようにいった。

大伍君は、平伏したまま、

「そうでありまする！」といった。

そこで、お父さんは、大伍君が、まだ、平伏していることに気がついて、

「それでは恐縮です。どうか、頭を上げて下さい。」

「いえ、いえ。私は、御願いが通るまで、絶対にこの頭を上げぬ決心で参ったのであります。」

お父さんは、それを聞いて、いよいよ、感心したようであった。

「あんな愚息のために、会社の皆さんが、これほどまでに思って下さろうとは、今日まで、夢にも思いませんでした。ああ、息子は、日本一の幸福者でございます。桜井さん、どうか、その頭を上げて下さい。私は、昔から頑固を売物にして来た男ですが、皆さまの真情に負けました。」

「では、お許しくださいますか。」

「さよう。しかし、私の一存でもいきません。先方のご両親とも相談してみなくてはなりません。この署名を、私が預からして頂きますよ。」

「どうぞ、どうぞ。」

大伍君は、やっと、頭を上げた。思えば、首が痛くなるような、長い平伏であった。

しかし、そのおかげで、それから一週間程たって、ついに、山崎君と和子さんの結婚が許されたのであった。尤も、それには、夫婦は、せいぜい、二人以上の子を産むように努力すること、という条件がつけられてはいたが……。

4

そして、一カ月ばかり過ぎた。

山崎君と和子さんは、相変らず、みんなから冷やかされている。とにかく、二人は、恋の勝利者であるのだから、いくら冷やかされても、嬉しくてならないようである。ところが、近頃になって、山崎君は、何んとなく、世の中が面白くないような顔をしていることが、多いようになった。

しかし、それは恐らく、和子さんが結婚準備のために、十日程前に退職したので、以来、山崎君が、今までのように会社で、和子さんと厚顔無恥的な恋愛ごっこが出来なくなったからであろう、と大伍君は、想像した。

（ゼイタクな奴め。そのうちに、同じ家に、二人っきりで暮せるようになるではないか。ちょっとぐらい淋しくても我慢しろ）

ある日、大伍君は、山崎君に聞いた。

「おい、もう、結納《ゆいのう》はすんだのかい？」

「うん、すんだらしいよ。」と、山崎君は、まるで、ひとごとみたいにいった。

「らしい、って、はっきりしないのかい？」

「いや、はっきりしている。」

「では、式は、いつ、挙げるんだ。」

「来月の七日だよ。」

「すると、あと二週間か。」

「そういうことになるかな。」

「嬉しいか？」

「嬉しいはずだよ。」

しかし、山崎君は、相変らず、浮かぬ顔をしている。

（おかしな奴だ）

と、大伍君は思ったが、黙っていた。

ところが、その日の帰り際になって、

「桜井君。今夜、僕につき合ってくれないか。」と、山崎君が寄ってきた。

「いいとも。」

大伍君は、ちょうどその日は、いっぱい飲みたいと思っていたところなので、欣然と承諾した。月給を貰ったばかりだから、桃子さんに借用証をいれる必要もなかった。

二人は、いきつけの梅田のおでん屋へ行った。

「では、君の結婚を祝して、先ず、乾盃といこうや。」と、大伍君がいって、盃を上げた。

「その乾盃を、ちょっと、待ってくれ。」

「何んだい？　僕は、早く飲みたいのだ。」

「それなら、乾盃なんていわずに勝手に飲んでくれ。実をいうとだな、桜井君。僕は、毎日、悩んでるんだよ。」

「何を悩んでるんだ？」

大伍君は、この男め、結婚を前に、どこかで悪い病気でも貰って来たのかも知れないぞ、怪《け》しからん奴だ、と思った。

「はっきりいうと、僕は、こんどの結婚が、嫌で嫌でたまらないんだよ。」

「だって、君は、あれほど、結婚したがっていたではないか？」

「その通りだよ。しかし、それは二人の結婚が、両方の親から猛烈に反対されていた間のことなんだ。」

「すると、両方の親から、ウンといわれたら、逆に、嫌になったというのかい？」

「不思議だろう？」

「しかし、心中までするときいでいたのに、嫌いになるのが、あんまり早すぎるではないか？」

「だから、不思議だろう、といってるではないか。」

「まったく、不思議なくらいだ。ふーん。」と、大伍君は唸った。

山崎君の話によると、結婚の許可が降りたときには、天にも昇る心地で、この世の幸福を一身に集めたような思いであった。そこで二人は、日曜日に、京都へ遊びにいった。

京都行の電車の中で、突然に、

「あら、ヤーさん。」と、話しかけられた。

一見女給風であった。しかし、その女給風は、山崎君の横に、とたんに表情を険しくした和子さんがいるのに気がつくと、

「あら、あら。」といって、あっちへ行ってしまった。

それだけのことであったのである。しかし、そのあとが、大変であった。和子さんは、今の女は、誰でどういう仲か、としつこく聞いた。山崎君は、ちょっと、しどろもどろになって、

「いや、あれは会社の宴会の第二次会でいったバーの女で、たったいっぺん行ったきりなんだ。」と、弁解した。

「いっぺんだけ?」

「そうだよ。」

「あたし、信じられないわ。だって、たったいっぺん行ったくらいなのに、あんなに親しげに、あら、ヤーさん、なんていうはずがないと思うわ。」

「しかし、本当だ。」

「もし、あたしがいなかったら、きっとあの女といっしょに何処かへ行ったでしょう？」

「バカな。」

「ううん、そうよ。だって、あら、ヤーさんといわれた時のあなたの顔ったら、ニヤニヤして、とても、だらしがなかったわよ。あたし、とても、口惜しかったわ。あたしという者が横にいるのに、あんな顔をするんですもの！　失礼だわ。」

流石の山崎君も、ちょっと、うんざりした。どうやら、この女は、思いのほか、ヤキモチ焼きらしいぞ。この分では、結婚してからが思いやられる。そう思っているとき、和子さんは、大袈裟に溜息をついて、

「あーア、あたしは、この分では、結婚してからが思いやられるわ。」と、いったのである。

山崎君は、ぐうっと癪に触った。

「何んだって？　ヤキモチもいい加減にしろ。それは、こっちのいいたいことだぜ。」

「まア。」と、和子さんは、山崎君を睨んだ。それから、プッと横を向いてしまった。一言も口を利かない。

山崎君は、和子さんの横顔を見つめながら思った。

（ああ、何んという強情な女なのだ！　それから、よく見れば、あんまり美人ではな

い！　どうして、昨日まで、こんな女が、女神のように見えたのだろうか。きっと、俺は、目がくらんでいたのだ）

しかも、こんな女と、結婚しなければならないのである。

（しまった！　まさに、一生の不覚）

山崎君は、まるで、迷いの夢から醒めたような思いであった。

和子さんも、山崎君と同じ思いでいたのかも知れない。その日、二人は、せっかく京都へ遊びに来ながら、

「はい。」

「いいえ。」と、いった風な、必要の最小限度の発言しかしなかった。

山崎君は、つくづく、和子さんが嫌になった。しかし、山崎君のそういう気持とは無関係に、結婚の準備は、着着と進められているのであった。

「……と、いうわけなんだよ。」と、山崎君がいった。

「ふーん。困ったもんだね。僕たちがあんなに一所懸命になってやったのになア。」

「しかし、今の僕には、あの君の努力が、却って怨めしいくらいだよ。」

「ひどいことをいう奴だ。」

「だって、君があんなことをしてくれなかったら、僕は、あんな女と結婚する羽目にならずにすんだんだぜ。」

「すると、僕は、悪いことをしたのかな。」

「まア、そうだよ。」

山崎君の結婚式には、社長夫妻が、仲人《なこうど》として出席することになっている。何んでも、社長夫人は、その日のために、裾模様を新調した、という噂が飛んでいる。山崎君としては、いよいよ、どたん場に追いつめられたような心境であった。

「僕は、いったい、どうすればいいんだ。」と、山崎君は悲しげにいった。

「仕方がないよ。こうなったら、運が悪かったのだ、とあきらめて、結婚するんだな。」

「ひとごとだと思って、そんな無慈悲なことをいうな。」

「今は嫌いでも、昔は好きだったんだから、そのうち、また、好きになることがあるかも知れないよ。」

「いや、絶対に好きにならんよ。その点、僕は自信があるんだ。」

「じゃア、思い切って、結婚を解消したらいいではないか。」

「そんなことをしたら、社長夫妻に悪いし、せっかく、署名してくれた人たちにも申しわけないし、僕は、きっと、みんなから軽蔑されるに違いない。僕は、嫌だよ、そんなの。それに、社長から睨まれて、もう出世が出来ないかも知れない。」

「じゃア、どうすればいいのだ？」

「だから、僕は、それを君に聞いてるんじゃないか。しっかりしてくれ給え。」と山崎君は、叱りつけるようにいった。

大伍君は、どう考えても、バカバカしい気分である。すると、山崎君がいった。

「なア、頼むから、僕が社長からも、そして、誰からも軽蔑されないで、うまく、この婚約を解消する方法を考えてくれよ。」

「そんなこと、僕に無理だよ。」

「しかし、そもそもは、君に責任があるんだぜ。だから頼む。僕は、こうなったら、万事君に一任するから、よきに計らってくれよ、いいかね。」

しかも、山崎君は、浮かぬ顔をしている大伍君に、最後のトドメを刺すようにいった。

「あと、結婚式までに二週間しかないんだからな。絶対に、愚図愚図してくれるなよ。」

5

「と、いうわけなんだよ。まったく、ひどいことになってしまった。」と、翌日、大伍君は、桃子さんに話している。

「まア、あきれたわ。」と、桃子さんは、憤然として、

「それで、大伍さん、何んて返事をしたのよ。」

「仕方がないではないか。」

「と、いうと？」

「とにかく、何んとかしてみよう、といったよ。」

大伍君の憮然《ぶぜん》たる顔を、桃子さんは、いよいよ、あきれたような瞳で眺めていた。

「名案がないかしら？」

「そんなもの、あるはずがないわ。」

「やっぱり、そうか。」

「そうよ。だいたい大伍さんは、ひとの世話を焼き過ぎるのよ。」

「しかし、こんどのことは、君にも一端の責任があるぜ。署名運動は、君の発案だよ。僕は、その署名したものを持っていって、平伏して来ただけだ。」

「そうだったかしら？」

「そうだよ。だから、こうなったら、共同責任だ。よろしく、頼むよ。」

「嫌よ。」

「いや、頼む。そのかわり、僕は、こんどこそ、君の命令通りに動くからね。」

「ずるいわ。」

「まア、あしからず。」

大伍君は、そういって、頭を下げたが、桃子さんを責任者の一人にしてしまったので、何んとなく、安心だ、という顔である。

桃子さんは、しばらく、考えていたが、

「ねえ、大伍さん。あたしは、この際、あの二人が、やっぱり、予定通り結婚した方が、いちばんいいと思うわ。」

「しかし、山崎君が、あんなに嫌がってるんだぜ。」

「だから、嫌でないようにすればいいじゃないの。」

「和子さんだって、山崎君をもう嫌っているかも知れないぜ。」

「それも、昔のように、大好きにしてあげればいいじゃアないの。」

「そんな手品みたいなことが出来るのかい？」

「できるわよ。」と、桃子さんは、自信満満であった。

「ふーむ。君は、えらいなア。」

「でも、成功も不成功も、大伍さんの腕しだいよ。」

「と、いうと？」と、大伍君は、ちょっと、不安な顔をして見せた。

「いいわね。そもそも、山崎さんが、今のようなゼイタクな寝言みたいなことをいいだしたのは、両親の反対というスリルがなくなったからよ。」

「そうかも知れない。」

「だから、ここにあらたなスリルを設定するのよ。」

「……？」

「この際、大伍さんが、和子さんと結婚することにするの。」

「バカな。僕は、あんなでれでれした女、心底から虫が好かんのだ。」

「ほんと？」

「勿論。」

桃子さんは、そのはずである、という顔をする。

「でも、そこが、お芝居なのよ。」

「要するに、僕はどうすればいいのだ。」

「大伍さんが、山崎さんに、和子さんの譲受けを申し込むのよ。でも、ただ、申し込んではダメ。実は、自分は、かねてから、和子さんを私《ひそ》かに愛していた。あんな素晴らしい女性はない、と思っていた。しかるに、君と恋仲であるので、あきらめていた。この辺は、出来るだけ、うまくいうのよ。そう、いうなれば、山崎さんが、和子さんに対して、認識をあらためるように、情緒てんめんとよ。しかし、君が、和子さんと婚約を解消するなら、ぜひ、僕に譲ってくれ。そうなったら、僕は、世界一の幸福者になれる、という風に。」

「もし、僕がそういって、山崎君が、ああ、いいとも、いいとも、どうぞ、ご随意に、といったら、どうするんだい？」

「困るわよ。」

「困るさ。」

「そこが腕次第よ。でもね、山崎さんなんて、オッチョコチョイだから、とたんに、いや、ダメだ、あれは、僕のものと、もうきまってるんだ、というにきまってるわよ。他人に狙われたら、惜しくなるのが人情だもの。」

「そうだろうか。」

「もし、山崎さんが嫌だといっても、そこは一応、強引に押してみるのよ。そうしたら、山崎さんは、いよいよ、惜しくなるにきまってるわよ。」

「よし。ちょっと、てれくさいが、やってみるよ。しかし、和子さんの方は？」

「同じ方法で、あたしが、あたってみるわ。」

「君が山崎さんと結婚したいと？」

「そうよ。」

「念のために聞くが、君は、山崎君が好きなのかい？」

「バカねえ。」

「そのはずだ。では、お互に、腕にヨリをかけてやろうではないか。」

「いいわ。」

6

かくて、土曜日となった。

その日は、山崎君と和子さんの結婚式がおこなわれることになっていた。

大伍君が、桃子さんにいった。

「万事、予定通りうまくいったね。」

「そう。これで、めでたし、めでたし。ふッふッふ。」

「でも、一時は、どうなるかと思ったね。あの二人、結婚してから、うまくいくかしら。」

「そんなこと、放っとけばいいじゃアないの。もう、あたしたちの知ったことではなくってよ。」

「それもそうだ。」と、大伍君は、頷《うなず》いた。

「ねえ、大伍さん。」

「うん？」

「この前ね、こんどこそ、君の命令通りに動く、といったでしょう？」

「うん、だから、動いたではないか。」

「まだ、あるのよ。」

「えッ、何が？」

「あたしの命令通りに動いてほしいこと。」

「……？」

「大伍さん。こんどのことで、ひとの世話焼きは、もう、懲りたでしょう?」

「懲りたよ。」

「だからね。」

「だから?」

「今後は、もう、ひとの世話焼きなんか、やめなさい。そのかわり……。」

「そのかわり?」と、大伍君が、怪訝《けげん》な顔をした。

桃子さんは、そのとき、何んとなく、顔をあからめながらいった。

「あたしは、大伍さんも、そろそろ、自分自身の世話焼きをした方がいいと思うのよ。」

第十二話　良人の抵抗

1

独身者の春の夜は悩ましいもの、と昔からいうが、なる程、まさにその通りだと、桜井大伍君は、アパートで一種の感慨に耽っていた。この分では、早く結婚しないと、どうやら却って身の破滅をきたしそうな予感がする。

まだ十時前だが、こういう夜は、早く寝るに限ると、大伍君は、布団の中にもぐり込んだ。

十分、二十分……。漸くうつらうつらとしかけた時、扉が乱暴に叩かれた。

「おい、桜井君、こら、大伍君。開けろ。」と、外から威張ったように怒鳴っている。

大伍君は、ハッと、半身を起した。

「誰だ？」

「俺だよ。永井だよ。」

「何アんだ、永井さんか。今頃、どうしたんですか？」

「文句をいわずに、早く、ここを開けろ。俺は、猛烈な夫婦喧嘩をして来た処だから、これでも、気が立っているんだぞ。こんな安アパートの扉ぐらい、蹴破ってやるぞ。」

「ま、待って下さい。」

大伍君は、大急ぎで、扉を開けてやった。

「おお、サンキュウ、サンキュウ。」

永井さんは、部屋の中にはいって来た。ちょっと、お酒臭いようである。

「おい、あとを、きちんと閉めとけよ。鍵をかけておけよ。」

「誰か、あとから、追って来るんですか？」

「違うんだ。俺は、今夜、この部屋で泊めて貰うことにする。だから、戸締りを厳重にしとけ、というんだ。何故なら、せっかく泊めて貰っても、泥棒に入られて、大事な洋服を盗まれては、元も子もなくなるからな。」

「ごもっともです。」と、いったが、大伍君には、何んとなしに、おかしい具合いである。

永井さんは、大伍君と同じ総務課勤務であった。三年前に結婚したのだが、目下、共稼ぎをしている。奥さんの方は、堺筋の商事会社に勤めていて、一、二回だが、大伍君も顔を合わしたことがあった。そして、どっちかといえば、永井さんは、平常から、奥さんのお尻に敷かれているらしいことも知っていた。

「大伍君。やけ酒用の酒がないか？」

「ありませんよ。」

「チェッ、貧乏くさい奴だな。」

「申しわけありません。しかし、いったい、どうしたんですか？」

「まア、聞いてくれ。」と、大伍君の布団の上で大の字になっていた永井さんは、ムックリと起き上った。

「今夜、俺は、女房といっしょに、朝日会館へ、音楽会を聴きにいったんだ。ほら、こんど西洋から、何んとかいう有名なヴァイオリンひきが来ただろう？　あれだよ。」

「へえ？　永井さんに、音楽趣味があったんですか？」

「あるもんか。要するに、女房とのおつき合いだ。」

「永井さんは、奥さんに親切なんですね。」

「何、嫌嫌《いやいや》さ。しかも、切符が一枚、千五百円もするんだぜ。二枚で三千円だ。俺は、つくづく、バカらしいと思ったよ。ところが、女房の奴め、千載一遇のチャンスだから、ぜひ聴きたい、と昨夜になって、しきりにいうんだ。あんまりいうから、俺は、可哀そうになって、今日は、会社の仕事なんか放り出して、その切符を買いにまわったんだ。実際、阿呆《あほ》だって、一枚千五百円の切符は、どこへ行っても、すでに売り切れなんだ。

らしい話だ。」

「で、手に入ったんですか？」

「うん、東奔西走して、漸く二枚手に入れた。女房に電話してやったら、大よろこびさ。有頂天になっていやがった。電話口で、だから、あなたが大好きよ、といったよ。」

「そうですか。結構ですよ。しかし、それなら、何も夫婦喧嘩なんか、することはないじゃありませんか？」

「あわてるな。話の先が長いんだ。どうせ、今夜は、ここで泊まるのだから、ゆっくり話してやるよ。」

「どうぞ。」

「さて、音楽会へ行った。あらかじめいっとくが、俺は、生れてから音楽会なんかに行ったことのない男だ。大伍君はどうだ？」

「似たもんでしょうね。」

「よしよし、話せる。しかし、その俺だって、一流の音楽家の音楽を聴けば、やっぱり、感心するよ。うまい、と思った。来てよかった、と思った。しかし、女房となると、それは大感激なんだ。ときどき、溜息をついているんだ。」

「そういうもんでしょうね。」

「ところが、そのうちに、俺は、だんだん、音楽に陶酔してきたんだ。要するに、眠ってしまったのだ。女房にいわせると、イビキをかきはじめた、というのだ。」

「イビキとはひどいですね。」

「女房もそういった。とても、恥かしかったそうだ。女房は、俺の脇腹をこづいて、起してくれた。恐い顔で、俺を睨んでいたよ。俺も、しまった、と思ったが、仕方がないではないか。というのはだな、俺は、お昼、切符を入手するために、東奔西走したので、いつもより、三倍ぐらいよけいに疲れていたのだ。その疲れが出たから、つい、うとうとしただけなんだ。ところが、女房の奴め、あなたって、本当に、センスがないのね、というんだ。」

「それで、憤ったのですか?」

「いや、その時は我慢したんだ。さて、音楽会が終った。外へ出る。女房は、もう、うっとり夢心地なんだ。そして、そのまま家へ帰るなんて勿体ないわ。ねえ、どこかそこらを散歩しましょうよ、というんだ。」

「わかるような気がします。」

「そうかね。君は、えらいよ。しかし、俺は、どっちかといえば、面倒くさかったな。でも、せっかく、女房がそういうのだから、いっしょに、中之島公園を歩いてやった。いい加減に帰ろうというのに、女房はもうすこし、もうすこし、というのだ。仕方がないから、もうすこし歩いてやった。そのうちに、俺は、いったのだ。何んといったと思う?」

「さア……。」

「おい、パチンコにいこう、とだ。とたんに、女房の奴め、まア、あなたというひとは、何んという情ないひとなんでしょう、さっきは、イビキをかくし、しかも、世界一流の音楽を聴いたあとで、パチンコとは、いったい何ごとです、芸術的センスがないにも、ほどがあります、と来たね。そこで、俺は、ムッとしたんだ。芸術的センスがなくて悪かったね。音楽を聴いて、そのあとでパチンコをして悪いという法律は、どこにもないんだぞ。あんまり、バカにするな。これでも、俺は、お前の良人だぞ、と怒鳴りつけてやった。すると、女房の奴め、いかにも、俺を軽蔑したような顔で見て、そんなにパチンコみたいな下品なものがしたいんなら、あなたお一人でどうぞ。あたしは、もうしばらく、うっとりした気分で、春の夜の街を歩いて帰ります、といったね。こうなったら、談判は、決裂だよ。男の意地だからね。」

「それで、永井さんは、パチンコに行ったんですか?」

「行ったよ。ところが、全然、ダメなんだ。そうなると、いよいよ、むかついてくる。よし、飲んでやれ、といっぱいひっかけたら、こんどはますます、癪に触って来たよ。だいたい、女房のくせに、良人に対して、センスがないなんて失敬千万だ。人間には、いっていいことと悪いことがある。ここらで、いっぺん、断固《だんこ》膺懲《ようちょう》しておかないと、くせになる。今後、増長するばかりだ。よし、今晩は、帰ってやらん。女房からあやまってくるまで、一週間でも二週間でも帰ってやらん、と固く決心したんだ。」

「すると……。」と、大伍君は、不安そうに、

「その一週間でも二週間でもは、その間、ここで泊まるつもりですか？」

「そうだよ。そのつもりで、今夜は、やって来たんだ。おい、寝よう。」

「布団が一組しかないんですが？」

「仕方がない。いっしょに、寝てやる。」と、永井さんは、あくまで、強気であった。

「それから、念のためにいっとくが、俺が、君の部屋に当分滞在することを、誰にもいうなよ。特に、桃子女史にはいうな。」

「何故ですか？」

「女房と桃子女史は、知っているんだ。だから、桃子女史にこのことが知れると、すぐ、女房に内通される恐れがある。それでは、せっかく家出をしているのに、女房の奴め、あんまり心配せんかも知れん。却って、のんびりするかも知れん。それではいかん。ひょっとしたら、この俺が、妾宅へでも行ってるかも知れん、と女房に思わせなければならんのである。」

「永井さんに、妾宅があるんですか？」

「バカ。あったら、こんな安アパートへ、誰がくるもんか。そんなこと、常識で考えて

もわかるはずだ。」

大伍君は、さっきから叱られてばかりいて、全く、妙な気分であった。しかも、窮屈さを我慢して、永井さんと一つ布団に寝ると、忽ち、雷のようなイビキが聞えはじめた。とても、これでは寝られない。こんな調子で、一週間も二週間も滞在されたら、こっちが神経衰弱になるに違いない。大伍君は、つくづく情ない思いをしていた。

2

次の日、お昼の休憩時間に、桃子さんは、永井さんの奥さんに電話で呼び出されて、御堂筋《みどうすじ》の喫茶店で会っていた。

「永井が、朝から会社へ出勤しているんですって？」

「ええ、そうよ。いつもの通りだわ。」

「まア、憎らしい。いったい、どこへ泊まったのでしょう？　あたしはゆうべなんか、一睡もしなかったくらいよ。」

そこで、奥さんは、昨夜の出来ごとを一通り話した。

「いくら、センスがなくても、良人を愛するということは、別の問題でしょう？　それだのに、永井ったら、癪に触るわ。だって、今まで、いっぺんも外泊したことはなかったのよ。」

「ねえ、奥さんに、どこか、永井さんが泊まれるようなところで、お心当りがありませんの？」

「さア……。」

「じゃア、永井さんに、好きな女のひとでもあるのかしら？」

奥さんは、ギョッとなった。

「おどかさないでよ。」

「でも、男なんて、油断がならないんでしょう？」

「永井に限って……。あたし、何んだか、心配になって来たわ。もし、永井に、そんな女があるのだったら、あたしは、絶対に許せなくってよ。ええ、誰が許すもんですか！」

「奥さん、あんまり、興奮なさらないでよ。」

「とにかく、これは、重大問題だわ。」

「そうらしいわね。」

「そうよ。これは、絶対に永井の行動を監視する必要があるわ。ねえ、桃子さん、お願いがあるの。」

「何？」

「あなた、会社へ戻ったら、誰かに、永井がどこで泊まったか聞いてくれない？　きっと、誰かに喋ってるに違いないわ。その上で、あたしだって、覚悟のきめようがあるのよ。」

「いいわ。女は女同士ですもの。あたしは、よろこんで、スパイ役を引受けるわ。」と、桃子さんは、あっさり、承知した。

勿論、その心の中には、大伍君に頼めば、すぐ真相を探ってくれるに違いない、と安心していたのである。

桃子さんは、会社に戻った。永井さんの方を見ると、鼻の頭に鉛筆をつきつけて、何んとなしに、もの思いに耽っている。

「ねえ、大伍さん。」

「うん？」

「永井さんね。」と、桃子さんは、声をひそめて、

「昨夜《ゆうべ》は、家に帰らなかったんですって。」

「ふむ。」と、大伍君は白っぱくれた。

「それで、あたし、今、永井さんの奥さんから頼まれて来たのよ。」と、桃子さんは、一部始終を話した。

大伍君は、心の中で、ニヤッと笑いたくなった。しかし、こっちも永井さんから頼まれている以上、いくら相手が桃子さんでも、昨夜のことを喋るわけにいかない。

「だから、大伍さんから、うまく、永井さんが昨夜、どこで泊まったか、聞き出して貰えない？」

「嫌だよ。」と、大伍君は、あっさり、いった。

「まア、どうしてなのよ。」

「だって、この前、君は僕に、もう、ひとの世話焼きはやめた方がいい、と叱りつけるようにいったではないか。」

「あら。大伍さんの意地わる。」と、桃子さんは、ちょっと、顔をあかくした。

「でも、こんどだけは、せっかく、あたしが頼まれて来たのだから、例外にしてよ。」

「いや、僕は、例外なんか、認めん方針なんだ。」

「でも、もし放っといて、永井さんが悪い女にでも引っかかったら、どうするつもり？」

「いや、そんなことはあるまい。」

「どうして、それが、大伍さんにわかるの？」

「いや、何んとなしにだ。」

そのとき、大伍君が、ちょっと、曖昧な顔をしたので、桃子さんは、おや、と思った。

「だいたい、君は、まだ、独身のくせに、他人の夫婦のことなんか、放っとけばいいんだよ。永井さんには、また、永井さんとしての立派ないい分があるかも知れないのだ。

それを、一方のいい分だけ聞いて、勝手に熱を上げるなんて、どうも感心しないね。」

「失礼ないい方ね。」

「そうかね。失礼ならあやまるがね。」と、今日の大伍君はバカに悠悠としている。

そうなると、桃子さんは、これは、ますます、臭いぞ、と思わずにはいられなかった。大伍君と永井さんは、共謀しているかも知れない、という気がしてくるのであった。

しばらくたって、大伍君がいった。

「すまないが、千円ほど、貸して貰えないだろうか？」

「嫌《いや》よ。」と、桃子さんはケンもホロロの返事をした。

「何故だい？　いつも貸してくれるのに、今日に限って嫌だなんて、おかしいじゃないか？」

「でも、嫌よ。大伍さんだって、断然、ひとの世話焼きをやめたんでしょう？　それなら、あたしもそうよ。」

「しかし、金を貸すことと、ひとの世話焼きとは、無関係だろう？　金を貸す方は、立派な慈善事業になるぜ。」

「いいえ、いっしょ。だから、嫌。」

「頼む。」

「いったい、何に使うの？」

「今夜、帰りに、ちょっと、いっぱい、飲みたいのだ。」

「そんなお金なら、なお嫌よ。」と、桃子さんは、どこまでも、強硬であった。

大伍君は、いかにも情ない顔で、

「よーし、そんなら、もう、借りないよ。」と、未練たっぷりにいった。

桃子さんは、すぐ席を立って、応接室へ行った。そこの電話で、永井さんの奥さんを呼びだした。

「モシモシ。あのね。永井さんの昨夜の行動は、なかなか、わからないのよ。」

「まア、困ったわね。」

「でもね、ちょっと、臭いと思われる節《ふし》があるの。だから今夜、二人で、永井さんのあとをそっとつけて見ない？」

「いいわ。」

そこで、更に、あとの打ち合せをすませて、桃子さんが席へ戻ると、大伍君と永井さんが、何か、ヒソヒソ話をしている。桃子さんの姿を見ると、二人は、急にはなれた。

3

その日、会社がひけてから、桃子さんは、大伍君より一足先に、会社を出た。勿論、永井さんも、まだ、残っていた。

永井さんの奥さんは、すでに、ビルの向かい側の辺りの電柱の陰に来ていた。

「ねえ、どう、臭いの？」と、奥さんは、心配そうにいった。

「それがね、あたしの横の桜井大伍さんと、共謀しているらしい形跡があるのよ。」

「まア、何んて憎らしい桜井さんでしょう。」

「あら、そうでもないのよ。」

「えッ？」と、奥さんは、桃子さんの顔を見て、

「まア、あなた、桜井さんが好きだったの？」

「ううん。」

「でも、顔に書いてあるわよ。」

「そんなはずないわ。」

「かくしたってダメよ。でもね、うちの永井と共謀するような男なら、やっぱり、結婚してからも、油断がならないわよ。」

「そうかしら。」と、桃子さんは、ちょっと、心配そうな顔をした。

その時、ビルの玄関から、大伍君と永井さんが出て来た。

「まア、やっぱり、二人がいっしょよ。」

「ねえ、あとをつけましょう。」

こっちの二人は、早速、男二人のあとをつけはじめた。

「いったい、何処へ行くのかしら。」

「ついていけば、それによって、昨夜の行動も、だいたい、わかるわね。」

「でも、憎らしいわ。今日なんか、あたしんとこへ、電話もかけてこないんですもの。もし、悪かったと思っているなら、電話で、先ずあやまってくるべきよ。それを知らん顔をしているのは、今夜も、帰らないつもりにきまってるわ。」

「あら、パチンコ屋へ入ったわ。」

「どうしてパチンコなんか、あんなに好きなのかしら？　思えば、昨夜の夫婦喧嘩も、パチンコが原因のひとつだわ。」

二人の女性は、すこしはなれたところから、パチンコ屋を監視していた。

三十分ほどたつと、大伍君も永井さんも、ピースを二箱ずつ持って、ニコニコしながら出て来た。

「ひとの気も知らないで、あんなに、嬉しそうな顔をしているわ。」

奥さんは、口惜しそうにいった。

更に、あとをつけていくと、二人は、おでん屋へ入っていった。

「まア、お酒を飲むつもりだわ。」

「いい気なもんだわ。」

男二人のすること為すこと、ことごとくが、こっちの癪に触る。しかも、監視の必要上、二人がいいご機嫌で酒を飲んでいる間、こっちは喫茶店で、というわけにいかない。辛くても、近くの物陰に立っていなければならなかった。

「ここで、二時間も三時間も、ねばられたらたまらないわ。」と、奥さんは、心外でならないようにいった。

「永井さんは、たくさん、お金を持っていられますの？」

「せいぜい、五百円ぐらいのはずよ。だって、昨日、音楽会の切符代に三千円も払ったんですからね。」

「じゃアね、奥さん。せいぜいで、一時間も待てば、二人とも、お金がなくて、出てくるわよ。」

「だって、桜井さんが、お金を持っていたら？」

「大丈夫。」と、桃子さんは、自信たっぷりにいった。

「大伍さんだって、せいぜい、二、三百円しか持っていないはずよ。だから、そんなに、お酒が飲めないわ。」

「すると――。」と、奥さんが、いった。

「もし、ここで、二時間も三時間も、お酒を飲んでいたら、永井が、あたしに内証で、ヘソクリをつくっていたことになるわね。」

「まア。」と、桃子さんは、感心した。

「奥さんは、とても、頭がいいんですのね。」

「そうよ。これくらい、血のめぐりをよくしとかないと、男なんて、すぐ、ヘソクリをつくるものよ。」

だから、桃子さんの証言した通り、二人が、小一時間で、そのおでん屋から出て来たのを見た時、奥さんは、先ず、

「まア、やっぱり、ヘソクリなんか持たないのね。可哀そうに。」と、嬉しそうにいった。

相変らず、大伍君と永井さんは、連れ立って歩いて行く。二人とも、尾行されているとは、夢にも思っていないらしかった。そして、二人はそのまま、何処へも寄らないで、大伍さんのアパートへ入っていってしまった。

「ここは大伍さんのアパートよ。」

「じゃア、ゆんべも、きっと、ここだったのね。」

二人とも、却って、あっけないと思うくらいであった。

「これからすぐ乗り込んでいってやりましょうか？」と、桃子さんがいった。

「そうねえ。」と、奥さんがいって、クスクスと笑いだした。

「あら、どうなさったの？」

「だって、ゆんべ、あたしが、あれほど心配したのに、と思うと、おかしくなったの

よ。」

奥さんは、いよいよ、嬉しそうに、

「男なんて、案外、他愛がないのね。だって、パチンコをして、ちょっとお酒を飲んで、あとは、おとなしく、お友達のアパートへいって泊まる。それで、せいいっぱい、妻に対して、抵抗しているつもりなんですものね。正体がわかって見れば、却って、可愛らしいくらいのもんだわ、あたし。」

奥さんの上機嫌につられて、桃子さんも、ついニッコリして、

「そういえばそうね。じゃア、今夜は、二人で円満に妥協なさいますの？」

「そうはいきません。」と、奥さんは、キッパリといった。

「あたしに、あんなに心配させたんですもの。それに、ここであっさり妥協すると、いかにも、あたしの方が心配のあまり、あとをつけて来たようで、ますます、男を増長させます。だから、当分の間、放っといて、向こうから、自発的にあやまらせてやりますす。」

そういって、奥さんは、くるりと踵を返してしまった。桃子さんは、大伍君の部屋の灯に未練を感じたのだが、奥さんといっしょに帰るより仕方がなかった。

4

翌日も、大伍君と永井さんは、何食わぬ顔で出勤してくる。そんな顔を見ると、桃子さんは、おかしいくらいであった。昨日は、まだ、お金が多少ともあったから、いっぱい飲むことが出来たろうが、今夜からは、そうはいくまい。しかも、月給日までに、まだ、数日ある。したがって、二人とも、まっすぐ、アパートへ帰るよりほかはないのだ。可哀そうにと、桃子さんは思った。

午後になって、大伍君が、桃子さんにいった。

「永井さんの奥さんから、何んにもいってこないかい？」

「ええ、何んにもよ。」と、桃子さんは、あっさり、答えた。

「ふーん。」と、大伍君は、ちょっと浮かぬ顔をした。

その翌日もまた、大伍君は、同じことを聞いた。

「さっき、かかって来たわ。」と、桃子さんがいった。

「どういって来たかい？　奥さん、すっかり、参ってるだろうな。まア、無理もないがね。」

「あら、どういたしまして。」

「何。」

「奥さんはね、あんなセンスのない主人なんて、当分帰ってこなくても、却って気楽でいいんですって。だから、一週間でも二週間でも、どうぞ、ですって。」

「本当かい？」

「本当よ。あたし、嘘なんか、いわないわ。何んだったら、大伍さんから奥さんに電話をかけて聞いてみたら？」

「いや、その必要はないよ。何んにも、僕に関係がないからね。しかし、ううむ。」と、大伍君は、いかにも、情ないような顔をした。

あとで、大伍君から永井さんに、何か報告していたようだ。永井さんは、いちじ、憤然としたが、そのあとで、妙に、悄然《しょうぜん》としてしまった。

その翌日、桃子さんから、大伍君にいった。

「大伍さん、ちょっと、顔色が悪いんじゃアない？」

「そんなに見えるかい？」

「まるで、病人みたいよ。」

「実は、夜、よく眠れないんだ。」

「あら、不眠症？」

「いや、眠くてしようがないのに、ある事情で、それがダメなんだ。」

「そう、お気の毒ね。何んの事情か知らないけど。」と、桃子さんは、あっさりいって、横を向いてしまった。

「ねえ。」と、大伍君がいった。

「何よ。」

「折りいって、相談があるんだ。」

いよいよ、来たな、と桃子さんは、心の中で、ニヤッと会心の笑みを洩らした。

「実は、今まで、白っぽくれていたけどね、永井さんが、僕の部屋で、毎晩、泊まっているんだ。」

「あたし、知っててよ。」

「えッ？」と、大伍君は、おどろいた。

その顔へ、桃子さんは、ふッふッと笑いかけた。

「何んだ、そうだったのか。」

と、大伍君は、桃子さんから、あの夜のことを聞かされて、やれやれ、という顔である。大伍君の不眠の原因は、永井さんのイビキにあった。これでは、どうにもたまらないと、大伍君は悲鳴をあげてしまったのである。そこまで、打ち明けると、桃子さんも、大いに同情した。

「だから、あの夫婦を、早く、もと通りにしてしまいたいのだよ。」

「実は、さっき、奥さんに電話したら、そろそろ、やせ我慢の限度に来てるらしいようですわ。早く帰って来てほしくてたまらないのよ。」

「永井さんも、その通りなんだ。」

「じゃア、どっちも、つまらん意地を張ってるわけね。」

「両方の顔が立つような名案がないかしら。」

「両方の顔を立てるなんて無理よ。ここは、やっぱり、永井さんの方から頭を下げるべきよ。」

「男の方から？」

「だって、永井さんが悪いんだもの。」

「しかし、そもそもは、奥さんが、永井さんに、センスがないとか、失敬なことをいったからだぜ。僕は、奥さんこそ、先ず、女らしく、頭を下げるべきだと思うよ。」

「男の方からよ。」

「女の方からだ。」

そこで、二人は、ちょっと、睨み合うかたちになってしまった。

「大伍さんは、そんなにガン張るなら、今夜も明晩も、やっぱり、眠れないわよ。それでも、よくって？」

「いや、それは困る。」

「でしょう？　だから、この際、永井さんを、アパートから追い出してしまうのよ。」

「気の毒だなア。」

「まだ、そんなことをいってるの？　ダメよ。」

「しかし、どうして、出て貰う？」

「そうね、田舎から、お母さんが急に来ることになった、といえばいいわよ。そうなれば、いくら永井さんだって、アパートにいたたまらないわ。」

「ふーむ。君は、なかなか、悪知恵があるな。」

「何をいってらっしゃるのよ。みんな、大伍さんのためよ。」

「わかってる。そのかわり、せっかく、永井さんが家に帰っても、奥さんから威張られないようにしてあげたいな。要するに、どっちも、悪いといえば悪いのだからね。」

「ええ、いいわ。あたしから、電話をするわ。もし、ここで奥さんが、永井さんを大歓迎しないんなら、こんどは、みんなで協力して、一カ月でも二カ月でも、こっちに泊めてあげるから、と脅かしてやるわ。」

「よろしく、頼む。」

「いいわ。」

二人は、顔を見あわせて、楽しそうに笑った。

5

土曜日。

永井さんは、昨夜、久し振りで、家に帰ったのである。朝、出勤してくると、上機嫌で大伍君にいった。

「やア、大伍君。いろいろ、お世話になったが、帰ってみれば、案ずるより産むが易しでね。女房は、俺の顔を見ると、いきなり、だきついて、涙を、ポロポロと流したよ。」

「よかったですね。」

「結局、女房は、センスとかなんとかいっていたけど、俺に、ベタ惚れらしいんだよ。」

「結構ですよ。」

「こんなことなら、君のきたないアパートで、あんな不自由な思いをしないで、もっと早く家に帰ればよかったよ。なんだか、俺は、損をしたような気がしたよ。だって、君が、あんまり、もっといろ、とすすめるもんで、つい、君も俺がいないと、淋しくなるだろうと思ったんだ。」

「どうも、すみませんでしたな。」

「いいよ、いいよ。とにかく明日は日曜日だ。夫婦で、動物園へ行くことにしたんだ。」

そういって、永井さんは、自分の席に帰っていった。

「ねえ。」と、横から、桃子さんがいった。

「うん。」

「やっぱり、ひとの世話焼きは、いい加減にした方がいいわね。」

「そうだよ。まったく、ひどいもんだ。」

流石《さすが》の大伍君も、感慨無量の面持である。その横顔を、桃子さんは、何んというい人なんだろう、といわんばかりの瞳で、うっとり眺めていた。

第十三話　いよいよ日曜日

1

社員食堂で、桜井大伍君が、コックリコックリと舟をこいでいる。

はじめは、誰も、それに気がつかなかった。昼食後の気楽な雑談をしているうちに、大宅《おおや》さんが、ふっとそれを見て笑いだしたのである。田辺さんも、石坂君も、大宅さんに知らされて、くすくすと笑いだした。

しかし、大伍君は、相変らず、湯飲茶碗に右手をかけたまま、うつらうつらとなっている。

桃子さんは、すこし離れたところから、やはり、それに気がついて、

（まア、何んという大伍さんなんだろう！）

と、情ないやら、あきれ返るやら、すぐ立っていって、起してやりたいほどの心境であった。

たしかに、この一週間ほど、大伍君は、ちょっと、変である。まるで、神経衰弱にでもかかったように、仕事のミスを繰返すし、顔だって、寝不足らしく、いつも腫れぼったい眼をしている。

「こらッ、大伍！」と、大宅さんが、怒鳴りつけた。

大伍君は、ハッと、眼を覚ました。それから、キョロキョロと周囲を見まわして、

「何アんだ。ひとが、せっかく、いい気持で眠っていたのに、起すなんて、殺生だよ。」

と、文句をいった。

「あきれた男だ。」

「大伍君。ちょっと、夜遊びが過ぎるのではないのかね。若い男が、真ッ昼間から居眠りするなんて、おだやかでないぞ。」

「いや、違うんですよ。」

「嘘つけ。」

「いえ、僕は、近頃、アパートへ帰っても眠れないんです。」

「不眠症か？」

「実は、両隣の男が、一週間ほど前に、どちらも結婚したんです。夜なんか、まったく、ひどいもんです。」

「そんなにかい？」

「ええ、そんなに、です。だから、僕は、せめて、会社ででも眠っておかないと、身体が持ちません。この先が、思いやられます。いっそ、今のアパートを引越していきたい、と思うのですが、また、権利金を取られることを考えると、残念ながら、手も足も出ません。」

（可哀そうに）

聞いていて、桃子さんは、はじめて、大伍君の神経衰弱の原因を知った。

すると、田辺さんが、

「そりゃア、大伍君。毒を以て毒を制するに限るよ。」と、ニヤニヤしながらいった。

桃子さんは、聞き耳を立てた。

「毒を以て毒を制する、って、どうするんですか？」

「わからんとは、察しの悪い男だよ。この際、結婚するのだよ。」

「僕がですか？」

「当り前だ。他人が結婚したって、君の不眠症はちっともよくならん。君が結婚して、思い切り、濃厚な新婚気分を出すんだよ。そうすれば、両隣の新婚の睦言《むつごと》なんか、全然、気にならんよ。」

桃子さんは、

（田辺さんて、ほんとに、うまいことをいうわ。大伍さんも、結婚すればいいのだわ）

と、胸をドキドキさせている。

大伍君は、なるほど、という顔をして、

「でもね、田辺さん。僕の月給は、まだ、一万四千円ですよ。それでも足りなくて、僕は、桃子女史から、時時借金しているんです。こんな月給で、どうして、結婚できますか?」

「ゼイタクをいったら、キリがないさ。君の月給で、結婚生活をしている人は、世間にたくさんあるよ。だからこの際、断じて、結婚するんだな。」

桃子さんは、田辺さんのいうことが、一一同感であった。

(田辺さんて、とてもいいひとだわ)と、感心している。

ところが、その田辺さんが、

「どうだ、大伍君。僕の親戚に、いい娘がいるんだが、結婚しないか?」

とたんに桃子さんは、

(あたし、田辺さんなんて、やっぱり、大嫌いだわ)と思ってしまった。

「いや、結構です。」

「遠慮するなよ。」

せっかく、大伍君がことわってくれたので、桃子さんも、ホッとしていると、こんどは、大宅さんがいった。

「大伍君。めったに、結婚なんかするなよ。不眠症ぐらい何んだ。結婚してから、女房にいじめられる苦痛を考えたら、今の君の苦痛なんか、屁《へ》の河童《かっぱ》のはずだ。悪いことはいわぬ。出来るだけ、独身時代を楽しんでおけよ。青春というものは、独身時代にしかないのだからな。」

「やっぱり、そうですか？」

「ああ、そうだとも。」

「ふーむ。」と、大伍君は、考え込んでいる。

桃子さんは、田辺さん以上に、大宅さんが大嫌いになった。

2

三日ほどたって、珍らしく、大伍君が、一所懸命に、そろばんをはじいている。時時、

「うーむ。」と、唸ったり、

「やっぱり、足りないな。」と、ガッカリしたりしている。

「何んの計算？」と、桃子さんが、覗き込んだ。

大伍君は、あわてて、何か書いてある紙を机の引出しの中にかくして、

「いや、何んでもないんだ。」

「見せてよ。」

「いやいや、要するに、何んでもないのである。」

「あたし、そんな風に隠されると、よけいに見たくなる性分よ。だから、見せて。」

と、桃子さんは、ぬうっと大伍君の鼻先に手を出した。

「さア。」

「チェッ。」

大伍君は、舌打ちをして、机の引出しから、紙きれを出した。

見ると、アパート代、二千八百円、食費、七千五百円、主人小遣、三千円、妻小遣、一千円……として、合計一万九千八百円になっていた。

「これ、何よ。」

「実はだな、かりに僕が今結婚したら、どのくらいの金がいるか、ちょっと、計算してみたんだよ。」

「じゃア、大伍さんも、いよいよ、結婚する気になったの？　えらいわ。」と、桃子さんの顔がパッと明るくなった。

「どうにも、我慢できないような気分になったんだ。」

「わかるわ、その気持。」

「すると、君も、やっぱり、我慢できないような気分かい？」

「まア、失礼ね。レディに向かって。」

たよ。」

「でも、僕は、この計算書を見たら、当分の間、結婚をあきらめねばならないとわかっ
「そんなことないわよ。だいたい、この計算書はゼイタクよ。あたしなら、主人小遣三千円となってるけど、これは千五百円で十分よ。ねえ、もうこれで千五百円浮いたわよ。」

「すると、妻小遣の方は？」

「これは、千円だから、減らす必要ないわ。」

「ふーむ。君は、そういう主義かい？」

「だって、当り前よ。」

大伍君は、ちょっと、面白くない顔をしている。

「しかし、それにしても、僕の月給は、まだ、五千円ほど足りない。」

「だいじょうぶよ。食費だって、もっと、ケンヤクできてよ。それよりもね、大伍さん。」

「何んだ。」

「当分の間、奥さんも働いたらいいのよ。かりに、月給七千円を貰っている女のひとを奥さんにしたら、却って、貯金ができてよ。」

「しかし、僕は、結婚する以上は、やっぱり、家に帰ったら奥さんに、いそいそと迎え

られたいよ。そんな結婚をしたいな。」

「勿論、理想はそうよ。でも、共稼ぎだって、あたしは、悪くない、と思うわ。」

「共稼ぎの場合、主人小遣は三千円になるかい？」

「まア、せいぜい、二千円ね。」

「ケチくさいんだな。」

「だって、赤ちゃんが出来ることだって、考えておかなくっちゃア。」

桃子さんは、ふっと、顔をあからめた。

「念のために聞くけど、君の月給は、いくらだったっけ？」

「七千円よ。さっきいったじゃアないの。」

「すると、さっきの話は、君と僕の月給をあわした場合だね。」

「そうよ。」

「しかし、主人小遣の二千円はいかんよ。三千円が最低だよ。」

「二千円で十分よ。」

「いや、三千円だ。」

「二千円。」

大伍君は、思わず、桃子さんを睨んで、

「君は、相変らず、強情だね。」

桃子さんは、大伍君を睨み返し、

「大伍さんは、相変らず、浪費家ね。」

「何？」

「だって、そうなんだもの。あたし、先が思いやられてよ。」

「いや、それはこっちのいい分だ。」

突然に、大伍君は、せっかくの計算書を、ビリビリッと破ってしまった。それからいった、

「考えてみると、こんなもの、僕にはいらないんだよ。」

「どうして？」

「だって、僕は、別に、誰と結婚すると、はっきり、きめたわけじゃアないんだからね。」

「まア。」

桃子さんは、まるで、大伍君から見事な背負い投げにあわされたように口惜しかった。

3

桃子さんは、腹を立てていた。そのくせ、大伍君以外の男とは、どうしても結婚する気になれないのであった。大伍君と結婚できるなら、お小遣の千円ぐらい、どうでもい

いのだが、しかし、桃子さんは、結婚前に男をあまやかしてはならぬ、と固く信じていた。何んとか、お小遣を千円減らしたままで、大伍君と結婚したいものだ、と考えている。

一方、大伍君も、実は、結婚するなら、桃子さんだ、と考えている。世界中に、何億万人の未婚女性があったとしても、桃子さん以外の女性は、眼中にない。みんな死んでも、桃子さんさえ生き残っていてくれたら、それで結構だ、と思っている。ただ、桃子さんには、強情という欠点がある。あの強情さを、結婚前にへこましておかないと、一生、あの尻の下に敷かれなければならないかも知れぬ。それこそ、男の恥である。

その日、大伍君は、アパートへ帰った。ムカムカしている。いっそう、当分の間、結婚しないことにしようか、と考えていた。

すると、右隣の部屋で、

「あなたア。よう、あなたア。」と、いう花嫁の声が聞えてきた。

「何アんだい？」

「ううん。ただ、呼んでみたかっただけなのよう。」

「そうかい。いいよ、いいよ。」

大伍君は、バカらしくなった。いい加減にしろ、と怒鳴りつけてやりたくなった。しかし、怒鳴るかわりに、大伍君は、自分の位置を、左隣の壁際にうつした。そうすると、右隣の声がすこし、遠くなるのであった。

「ふッふッふ。」

「ふふふふ。」

こんどは左隣からの含み笑いの声が聞えてくる。

「ねえぇ。」

「うん。」

「いいでしょう?」

「ああ、いいとも、いいとも。」

大伍君は、憤然として、左の壁際からはなれた。右にいっても、左にいっても、これでは、やりきれぬ。大伍君は、進退きわまったように、ちょうど、部屋の真ン中に座った。

（いったい、真ン中の部屋にいる俺を、あの連中は、どうしてくれるつもりなんだ）

これでは、この部屋から逃げ出すか、思い切って、結婚するか、どっちかを選ばなければ、本当に神経衰弱になってしまいそうである。

（実際、厚顔無恥な奴ばかりだ）

（今に、覚悟しとれ。俺が結婚したら、もっともっと、濃厚な結婚気分を出して、この怨みを晴らしてやるからな）

大伍君は、ひとりで、鬱憤を晴らしているが、結局、思い出されてくるのは、桃子さんのことであった。

翌日、大伍君は、いつもより早く出勤した。何んとなく、桃子さんの強情に対して、挑戦してやりたくてならなかった。そう思うと、一分でも早く出勤して、桃子さんの顔が見たくなってくる。

午前八時半。

大伍君は、エレベーターに乗り込む。

「お早うございます。」と、エレベーター・ガールの杏子さんが、嬉しそうにいった。

「やッ、お早う。」

エレベーターの中には、先客がなかった。

「大伍さんと、二人っきり！」

杏子さんは、今日は、何んというい日なんだろう、と思った。そこへ、もう一人、飛び込んで来た。

桃子さんであった。杏子さんは、がっかりしたが、桃子さんには、かつて、大伍君に映画にでも連れていってくれるように、と頼んだことがあり、そう無愛想にできない義理がある。尤も、映画に連れていって貰う話は、桃子さんから、

「大伍さんにいっといたわ。そのうちに、というご返事よ。」と、いわれただけで、爾

来一カ年、いまだに、そのうちに、が来ない怨みがあった。

しかし、杏子さんは、いつまでも、じいっと待っているつもりだった。

「お早うございます。」と、杏子さんは、桃子さんにいった。

「お早う、杏子さん。」と、桃子さんが、ニッコリした。

しかし、大伍君と桃子さんとは、顔をあわせたとたんに、二人ともムッとした顔をして、口を利かなかった。

エレベーターは、上昇を開始する。

突然に、大伍君がいった。

「ねえ、君。」

「あたしですか?」

「そうだよ。」

杏子さんは、胸をドキドキさせた。

「もし、君が結婚したらだよ。」

「あの、誰とでしょうか?」

「いちばん、好きなひととだよ。」

「は、はい。」

横から、桃子さんがいった。

「杏子さん。運転の方、しっかりしてね。」

「は、はい。」

「主人にお小遣を、どれくらいやるかね。」

桃子さんは、まア、という顔で、大伍君を睨んだ。しかし、大伍君は、平気な顔をしている。

「あたしなら、いくらでも、あげますわ。」

「えらい！」

エレベーターは、六階についた。

「この話、もっと、聞きたいから、このまま下へ降りてくれないか？」

「はい。」

「山吹君は、降りてもいいんだぜ。」

「いいえ、あたしも、後学のために、拝聴していますわ。」

「じゃア。」

エレベーターは降りはじめた。

「かりに、主人の月給が、一万四千円ぐらいとするのだ。そんな場合、どれくらい、お小遣をやる？」

「あのう……。」と、杏子さんは、心が宙に浮いているような表情で、

「五千円ぐらいで、どうでしょうか?」

「五千円も?　凄い!」

大伍君は、ニヤッとして、桃子さんの方を見た。桃子さんは、阿呆らしい、といわんばかりに横を向いている。

「君は、きっと、いい奥さんになれるよ。」

「そうでしょうか?」

「そうとも。ご主人に可愛がって貰えるよ。第一、心がけがいいよ。」

「ありがとうございます。」

「いやいや。」

大伍君は鷹揚《おうよう》にいっている。

エレベーターは、一階まで降りて、客がなかったから、そのまま、また、上昇しはじめた。

「しかし。」と、大伍君がいった。

「一万四千円の月給から、主人が五千円もとったら、あと、やっていけるのかい?」

「あたしなら。」と、杏子さんは、一所懸命になっていう。

「愛する良人のためなら、三度の食事は、味噌汁とおつけものだけで、我慢しますわ。」

大伍君は、ギョッとなった。

「すると、当然、主人も、毎日、味噌汁とつけものかい？」

「はい、やむを得ませんわ。」

「ふーむ。」

大伍君は、唸った。桃子さんは、横を向いたまま、くすっと、会心の笑みを洩らした。

エレベーターは、六階についた。

「もう一度、降りましょうか。」

「いや、いいよ、いいよ。」

大伍君は、急いで、エレベーターから降りた。そのあとに、桃子さんも続く。エレベーターは下へ降りていった。

4

（どうも、まずい質問をしてしまったわい）

と、大伍君は、ちょっと、後悔している。

うしろから、

「大伍さん。」と、桃子さんが呼んだ。

「何かね。」

「ちょっと、屋上へ来て頂戴。」

「そうよ。」

見ると、桃子さんの表情に、きりっとしたものが張っている。大伍君は、嫌とはいえなかった。渋渋に、階段を上って、屋上へ出た。

屋上には、人影がなかった。しかし、五月の朝の太陽が、いかにも爽《さわや》かに、かがやいていた。

桃子さんは、くるりと、大伍君を振り向いた。

「大伍さん。」

「うん。」

「どうして、杏子さんなんかに、あんなバカな質問をするのです。」

「ちょっと参考のためだ。」

「参考になりましたか。」

「なったよ。」

どうも、大伍君は、桃子さんに、先手《せんて》先手《せんて》と打たれているようであった。しかし、けさの桃子さんは、朝陽《あさひ》を浴びて、いつもより綺麗で、清潔で匂うようであった。

「あたし、大伍さんに、四千五百円の貸金がありましたわね。」

「あったよ。」

「屋上？」

「あれをお返しして頂きたいんです。」

「すぐにかい？」

「はい、すぐに。何故なら、こんど、あたしは、結婚することになりました。」

「結婚？」

「ええ、だから、その準備のために、お金がいるのです。」

「うーむ。」と、大伍君は、心の底から、唸った。まるで、足許から、大地が崩れていくような思いであった。

「誰と結婚するの？」

「そんなこと、あなたに関係ありませんわ。」

「そんな水くさいことといわずに、教えてくれてもいいじゃァないか。」

「水くさいのは、大伍さんよ。とにかく、四千五百円を返して下さい。昨夜《ゆうべ》、あたしの結婚がきまったのです。」

「しかし、すぐにといわれても。」

「でも、あたしだって、困りますわ。」

今日の桃子さんには、凜《りん》として、犯すべからざる威厳があった。大伍君は、怨めしそうに、そんな桃子さんを見ている。

（こんな美しい娘を、どうしても、どこかの馬の骨にやらねばならぬのか！）

大伍君は、今になって、自分が、どんなに桃子さんを愛しているか痛切に感じた。

(いいや、桃子さんは、俺のものだ。断じて、ほかの男にやらぬぞ)

「ねえ、何んとか、いって頂戴。」

相変らず、桃子さんは、強硬であった。しかし、気がつくと、その瞳は、口ほどには、憤っていないのだ。まるで、大伍君に、笑いかけているようである。

大伍君の胸底から、桃子さんへの愛《いと》しさが、ぐぐっとこみあげて来た。かつて、これほど桃子さんを愛しく思ったことはない。どうにも我慢ならなくなった。大伍君は、いきなり、桃子さんの手を取ると、ぐっと、自分の胸に引き寄せた。

「あッ。」と、桃子さんが、叫んだ。

その唇に、大伍君は、夢中で、自分の唇を押しつけた。

やがて、桃子さんの抵抗がなくなっていった……。

「ひどいわ、大伍さん。」と、桃子さんは、大伍君の胸の中で、甘えるようにいっている。生れてはじめての接吻で、ぼうっとなっているようであった。

「ねえ、頼むから、僕と結婚してくれ。」

「ほんとう?」

「ほんとうだとも!」

桃子さんは、夢見心地の中で、

（ああ、ついに、大伍さんから、結婚してくれといわれたわ）

と、ニヤッとしている。

すると大伍君もいった。

「そのかわり。」

「何？」

「四千五百円は、もう返さなくてもいいだろう？」

「まア、ずるいわ。」

「だって、夫婦になるのに、そんなこと、おかしいじゃないか。」

「それもそうね。」と、桃子さんは、あっさり、妥協した。

「やっぱり、君は、話がわかるよ。ついでに、僕のお小遣を、もうすこし上げてくれると、もっといいんだけど。」

「上げてあげるわ。毎月、二千五百円でどう？」

「結構だよ。やっぱり、君は、素晴らしい女性だよ。」

大伍君は、感激して、ぐっと桃子さんを抱く腕に力を込めた。

桃子さんは、大伍君の胸に頰を押しつけながら、いよいよ、幸福そうにいった。

「あたしね。あなたに貸した四千五百円を、毎月のお小遣の中から、五百円ずつ差し引くことにするわ。」

「えッ？　すると、手取りは、やっぱり二千円かい？」

「ええ、九カ月間だけ我慢してね、大伍さん。」

「仕方がない。」

大伍君は、溜息をついた。それは、幸福な溜息であると同時に、一生、桃子さんに頭をおさえられそうな予感からの溜息でもあった。

桃子さんがいった。

「ねえ、大伍さん、あたし、とても、いい奥さんになると思わない？」

大伍君は、やや、憮然として答えた。

「思うよ。」

5

やがて、日曜日になった。今日は、大伍君と桃子さんが、桃子さんの両親に、二人の結婚の承諾を求めにいくことになっていた。

桃子さんは、姉さんの家に下宿していて、両親は、明石《あかし》に住んでいる。

電車が、神戸駅についたとき、ひょっこり、課長の佐々木さんが、奥さんと子供を連れて乗ってきた。

「おや？」と、佐々木さんが、いって、近寄ってくる。二人は、立って、挨拶をした。

「どこへ行くんだね。」

「明石までです。」

「ほう。明石とは、また、どうして？」

大伍君が、いった。

「課長。こんど、僕たちは、結婚することになりました。それで、これから、山吹君のご両親に会いにいくのです。」

「それは、おめでたい。いや、かねがね、わしは、君たちが、そうなるに違いないと思っていたのだよ。」

「恐れいります。」

「すると、もう、仲人は、きまったかい？」

「いいえ。」

佐々木さんは、それを聞くと、ニッコリして、奥さんを呼んだ。

「なア、桜井君と山吹さんが、結婚することにしたそうだよ。」

「まア、おめでとう。」

「で、今、二人から、仲人を頼まれたんだが、どうだろう？」

「ええ、結構ですとも、あたし、大賛成ですわ。」と、奥さんは、いきいきとした表情をして見せた。

佐々木さんは、大伍君に、そっといった。

「君、あの通りなんだ。頼むから、仲人をさせてくれ。うちの奥さんは、一種の仲人マニアでね。」

「こちらから、お願いしようと思っていたところです。仲人をした当座は、とても、僕にやさしいんだ。」

「しかし、君も、ついに、結婚するのか。」

　と、佐々木さんは、感慨深い顔で、

「君、女房なんて、はじめが、肝心だよ。わしは、完全に失敗して、いまだに頭が上らぬ。だから、わしの失敗を繰返さぬように、明日でも秘訣を教えてやるよ。」と、耳打ちした。

　大伍君は、答えた。

「課長。もう、おそいのです。すでに、尻に敷かれているのです。」

「何？」と、佐々木さんは、大伍君を気の毒そうに眺めて、

「そうか、君でも、やっぱり、そうか。しかし、なア、桜井君。女房の重い尻に敷かれるのも案外、悪くないもんでな。いうなれば、日本男子の本懐じゃよ。ふッふッふ。」

　一方、奥さんの方も、桃子さんに、何か耳打ちをしている。

「男なんて、油断も隙もあったもんじゃアないのよ。だから、はじめのうちに、うんと油をしぼっておくことよ。」

桃子さんは、ニッコリして答えた。

「奥さま、そのうちに、あたし、お知恵を拝借に上りますわ。」

「ええ、いらっしゃい。いつでも、教えてあげますよ。」

もし、大伍君が、これを聞いたら、

（この上、佐々木夫人から悪知恵を授けられたら、俺は、いったい、どうなるのだ）

と、ふるえ上ったかも知れない。

それはともかく。

佐々木夫妻に別れた大伍君と桃子さんは、明石駅で下車すると、寄り添うようにして、五月の爽かな空の下を、海の見える両親の住む家に向かって歩いていった。

週休一日時代のオフィスラブ

南沢奈央

　わたしは曜日の感覚が薄い。

　これは女優という仕事の宿命である。暦関係なく仕事が入る。土日祝日はもちろん、年末年始、ゴールデンウィーク、お盆など、世間が休みモードになっていても、関係ない。休み自体も週に二日とか決まっているわけでもないし、一週間まるごと休みのときもあれば、一か月休みが無いときもある。

　女優の仕事に限らずこういうお仕事はあると思うけれど、こうして仕事の日も休みの日も不規則だと、曜日、つまりカレンダーを気にしなくなる。一週間という周期もほとんど意識していない。自分だけのスケジュールで日々を過ごす。おかげさまで、生活のリズムはむちゃくちゃだ。自慢することでもないが。

　とは言っても、女優の仕事をしていても、曜日を意識していた時期はあった。時間割で生活していた高校、大学の頃、月9や金曜ロードショーをリアルタイムで観ていた頃、父が家にいると「あぁ日曜日なんだなぁ」と思っていた実家暮らしの頃……。

曜日が意味を持つ。ふと思い浮かぶのは「花金」という言葉。高校に入ったばかりの頃だったか、初めてこの言葉を聞いたときには、〝大人だけの楽しみ〟的な響きを感じ、なんだか憧れのような思いを抱いたっけ。だが結局、大人になっても、「花金」は体感していないし、そもそも周りでこの言葉自体をあまり聞かない気がする。もはや死語になっているのだろうか。と思って調べてみたら、意外にも若い世代に今、ウケていると か、いないとか……。

花の金曜日、とはよく言ったものだ。土日休みの人たちが、翌日を気にしないで思い切り楽しむ、煌《きら》びやかな夜の様子がうかがえる。さらに、溢れ出している大人の高揚と解放感。約三十年前、この言葉が最も流行したバブル期には、たしかに「花金」という言葉にふさわしいくらいの華やかさがあったのだろうと想像する。だが、今の金曜からはそこまで景気の良さは感じられないし、働き方も大きく変わっていきそうだから、やはり死語になる運命なのかもしれない。

「花金」という言葉が滅びゆく時代に復刊された本作『明日は日曜日』は、一九五三年、まだ「花金」という言葉が生まれてすらない時代に書かれたものである。

約七十年前の作品を今読んでみると、そうか当時は週休一日だったのかと、まずはその大前提の設定に驚く。第一話「エレベーター・ガールの恋」から始まるが、エレベーター・ガールの存在自体にもハッとさせられる。今はなかなかお目にかかれない。「運転の方、しっかりしてね」と言われているところを見ると、今みたいにボタン一つで動くわけではなく、彼女がエレベーターを操作していたのだということも分かる。会社員たちは、デスクに向かってそろばんをはじいて計算をしているし、そして一か月働いてもらえる給料は一万円ちょっと。

もうここまで来ると、古いなぁとかそんなことはまったく思わない。むしろ、時代の違い一つ一つを見つけては、面白がれる。わたしの両親は「花金」を楽しんだ年代だから、本作は、ちょうどわたしの祖父や祖母が、主人公の桜井大伍君や山吹桃子女史くらいの年齢だった頃のはずだ。だから言ってみれば、わたしのおじいちゃんおばあちゃんの社会人生活時代を垣間見られた、というわけだ。

時代が違うからこそ面白い、というのは置いておいても、読んでいるうちに純粋に内容に引き込まれていく。するすると読ませるような、会話の軽快さや展開の速さがとても気持ちよい。登場人物のキャラクターはもちろん、人物たちの心情の描き方もとてもチャーミングで、全キャラクターのことが好きになってしまう。そして一作読み終わると、また他の作品も読みたくなる。そんな魅力が、源氏鶏太作品にはあると思う。わたしにとって、ひさびさに「ハマった」と言える作家だった。

源氏鶏太作品の面白さには、中毒性がある。初めて読んだのは、『最高殊勲夫人』。まだ一年半ほど前のことだ。西口想著『なぜオフィスでラブなのか』（堀之内出版）という、小説作品から「オフィスラブ」について考えていくという本にて、〈オフィスラブ小説の『原型』のような長編小説〉と紹介されていて、手に取ったのだった。そしたらまぁ面白い。評されていたように、まさに〈昭和のラブコメ〉。韓国ドラマ的な、飽きさせない、でもちょっと予測できてしまいそうな展開が次々とやってくる。だが、先の展開が読めても、なお面白い。爽やかなラストには、至福が待っている。気持ちがいいくらいに、読者の期待に応えてくれるのだ。その後すぐに、ちくま文庫から復刊された『青空娘』『家庭の事情』『御身』を夢中になって追いかけた。

だから今、その復刊シリーズ五冊目である『明日は日曜日』の解説を書かせていただいているのが嬉しくてならない、という気持ちを書かせていただけたので、そろそろ本作の内容に入ろうと思う。

『最高殊勲夫人』が〈オフィスラブ小説の『原型』のような長編小説〉だとしたら、本作は「オフィスラブの『多種多様な型』を描いた連作短編小説」だ。

新大阪産業株式会社の総務課である桜井大伍君と山吹桃子さんのもとに舞い込んでく

る、同僚たちの相談事、主に恋愛や家庭の問題を、二人がなんやかんやと解決していくという様子が全十三話のオムニバス形式で描かれる。

大伍君は、かなりのお人好し。人から頼まれると断れない性格だから、何かと相談されてはノープランで請け負ってしまう。そこで頼るのが、横の席の桃子さん。大伍君が桃子さんに頼るのはいつものことで、しょっちゅうお金の面で助けてもらっている。桃子さんは世話焼き的な性分でもって、大伍君を放っておけない。しっかり借用証を書かせてお金を貸し、持前の機転を利かせて、問題解決へとぐいぐいとリードしていくのだ。

源氏鶏太が会社勤めをしながら小説を書いていた時期の作品だから、現実にあったことなのか、はたまた創作なのかは分からないが、社員たちのさまざまな恋愛模様が見られる。

たとえば、第一話では、会計課の同期である山野君がエレベーター・ガールの杏子さんに恋をした。相談を受けた大伍君は桃子さんに相談をして、早速桃子さんに杏子さんの気持ちを聞いてきてもらうと、杏子さんが好きなのは大伍君だったり。第四話では、総務課の三原君が雨の日の帰り道に出会った明子さんに惚れる。明子さんと会うためにはお金が必要、残業をしてお金を貯めたい、でも残業すると明子さんに会えない……と悶々と悩み、桃子さんの「どうせ残業なんて、ヒマでしょう?」という指摘通り、結局残業した夜には会社で彼女と「電話のランデヴウ」をすることに。第六話では会社の近くのたばこ屋の看板娘にアタックする会計課の深山君と、たばこ屋の親爺との攻防が繰り広げられ、大伍君と桃子さんは間に挟まれ右往左往。第十話の定年間近の福井さんと石川さんは、同じ女性に惚れてしまい、会社では意地を張り合って目の前の電話が鳴っても出なかったり、子供みたいな喧嘩をしている。第十一話の総務課山崎君と和子さんの恋仲は社内では有名だったが、親から結婚に反対されているという相談を受けて、二人の結婚をお許しくださいといった内容の署名を会社で百二十五名分も集めてみたり……。

こんなに職場に恋愛事情を持ち込んでいいのか！　と一旦突っ込ませてください。会社が舞台の小説なのに、仕事をしている場面がほとんど出てこないのだもの。恋愛に悩み、その相談を受けて解決することでみな忙しい。オフィスというパブリックな場所に、プライベート領域である恋愛を持ち込む。完全なる公私混同である。

でも公私混同しているからこそ、理性なんて別にして感情が溢れだしている人間臭いドラマが見えてきて、親しみを覚えるのかもしれない。

各話の最後、「明日は日曜日」ということを意識して終わるのも本作の特徴だ。

「明日は日曜日ね」
「明日は日曜日だというのに」

「明日の日曜日を、どうするの？」

〈サラリーマンにとって、日曜日ほど嬉しく楽しいものはない〉と始まる第五話を読むと、当時の日曜日が持っている意味が見えてくる。月曜から土曜まで六日間働く彼らにとって、日曜は仕事から離れ、自分の時間を過ごせる一日。言い換えると、パブリックではない唯一のプライベートな時間だ。

ということは、プライベートが充実していないと、つまり独身で恋人がいないと、〈実にやり切れんくらいに退屈至極なものとなる〉。だからみな、月曜から土曜までのパブリックな時間にも、日曜のプライベートな時間を充実させるために奮闘するのだ。日曜日。楽しいか否か。どう過ごしたいか。誰と過ごしたいか。

そんなことを考えていると、自分が今何を欲しているのか本心に気づいていく。大伍君と桃子さんも然り、力を合わせて他人の問題を解決させているうちにお互いのことをより知っていく。そして土曜日を迎えると、日曜日にも一緒に過ごしたい、と思っているふたり。

「ねえ、明日は日曜日よ。どこかへ、いかない？」

晴れた日曜日を予感させつつ、日曜日そのものを描かない。月曜から土曜の会社の日々だけを描くことによって、〝日曜日〟に秘められた、特別でプライベートな時間が浮き立つ。

現代では、その特別な一日というのは日曜日とは限らないかもしれない。だけど、自分にとっての日曜日をよりよく過ごすために、わたしも仕事や恋に一生懸命になりたいと思えた。
大伍君や桃子さんのような爽やかさをもって、「明日は日曜日」と言える日が来たら、幸せだろうな。

（みなみさわ・なお　女優）

・本書『明日は日曜日』は一九五二年七月号から一九五三年七月号まで「面白倶楽部」に連載され、一九五三年十二月に春陽堂書店より刊行されました。
・文庫化にあたり『源氏鶏太全集』第四巻（講談社、一九六六年）を底本としました。
・本書のなかには今日の人権感覚に照らして不適切と思われる語句がありますが、差別を意図して用いているのではなく、また時代背景や作品の価値、作者が故人であることなどを考え、原文通りとしました。

ちくま文庫

明日《あした》は日曜日《にちようび》

二〇二一年二月十日　第一刷発行

著　者　源氏鶏太（げんじ・けいた）

発行者　喜入冬子
発行所　株式会社　筑摩書房
東京都台東区蔵前二―五―三　〒一一一―八七五五
電話番号　〇三―五六八七―二六〇一（代表）
装幀者　安野光雅
印刷所　明和印刷株式会社
製本所　株式会社積信堂

ISBN978-4-480-43718-1　C0193